De Cock en een

A.C. Baantjer

De Cock
en een dodelijk rendez-vous

Fontein Paperback

Eerste druk 1997
Derde druk 1997

ISBN 90 261 0966 0
© 1997 Uitgeverij De Fontein bv, Postbus 1, 3740 AA Baarn
Omslagfoto: ANP
Omslagontwerp: Twin Design, Culemborg
Verspreiding voor België: Uitgeverij Westland nv, Schoten ·

Alle rechten voorbehouden. Niets uit deze uitgave mag worden verveelvoudigd, opgeslagen in een geautomatiseerd gegevensbestand, of openbaar gemaakt, in enige vorm of op enige wijze, hetzij elektronisch, mechanisch, door fotokopieën, opnamen, of enige andere manier, zonder voorafgaande schriftelijke toestemming van de uitgever.

Voorzover het maken van kopieën uit deze uitgave is toegestaan op grond van artikel 16B Auteurswet 1912 j° het Besluit van 20 juni 1974, St.b. 351, zoals gewijzigd bij Besluit van 23 augustus 1985, St.b. 471 en artikel 17 Auteurswet 1912, dient men de daarvoor wettelijk verschuldigde vergoedingen te voldoen aan de Stichting Reprorecht (Postbus 882, 1180 AW Amstelveen). Voor het overnemen van gedeelte(n) uit deze uitgave in bloemlezingen, readers en andere compilatiewerken (artikel 16 Auteurswet 1912), dient men zich tot de uitgever te wenden.

1

Rechercheur De Cock van het aloude politiebureau aan de Amsterdamse Warmoesstraat wierp met een theatraal gebaar van opluchting, gepaard aan tevredenheid, een lijvig dossier in de lade van zijn bureau. Daarna leunde hij in zijn stoel achterover. De oude rechercheur voelde zich loom, vermoeid, maar uiterst voldaan. Hij had dagen achtereen gewerkt aan een omvangrijke fraudezaak met een reeks sluwe heren in dure, driedelige kostuums. Het had veel van zijn geduld, energie en intelligentie gevergd.
Boven zijn hoofd zoemde vertrouwd een defecte TL-buis en buiten op straat zong een dronken sloeber lallend een droevig lied over een verloren liefde.
De grijze speurder keek op de klok boven de toegangsdeur van de grote recherchekamer. Het was kwart voor elf en om elf uur liep zijn dienst af.
Hij blikte naar zijn jonge collega en trouwe hulp Dick Vledder, die zijn rappe vingers over de toetsen van zijn elektronische schrijfmachine liet dansen. Op zijn breed gezicht lag een milde grijns.
'Morgen verder.'
De jonge rechercheur liet zijn vingers rusten en schoof de machine van zich af.
'De officier van justitie wilde nog een nader rapport over ons slotakkoord bij die oude loods aan de Rigakade. Hij vroeg zich af of wij vooraf wel alle consequenties van ons optreden hadden overwogen*.'
De Cock snoof.
'Wat heb je geschreven... dat wij ons als stierenvechters hebben gedragen?'
Vledder schudde zijn hoofd.
'Het wordt een keurig rapport,' sprak hij lijzig. 'Een rapport waaruit blijkt dat de grote zorgvuldigheid die wij bij de uitvoering hebben betracht, onomstotelijk vaststaat.'
De Cock trok een grijns.
'Alles op ambtseed.'
'Uiteraard.'

---

* zie: *De Cock en de geur van rottend hout*

De Cock spreidde zijn handen.
'Ik had gehoopt dat wij na het omvangrijke onderzoek van de parlementaire enquêtecommissie Opsporingsmethoden onder leiding van de heer Van Traa, wat meer armslag zouden krijgen... meer mogelijkheden en middelen om ons werk goed te doen.'
De oude rechercheur schudde zijn hoofd.
'Er is geen snars veranderd. We hebben nog steeds hetzelfde geleuter.'
Vledder keek hem verwonderd aan.
'Zo'n officier van justitie mag ons toch wel vragen stellen?'
De Cock knikte.
'Zeker mag hij dat. Ik wilde alleen dat hij zelf eens initiatieven durfde te nemen en zelf onderzoeken ging leiden. Maar er is nog nooit een officier van justitie geweest die mij heeft gezegd hoe ik een zaak moet oplossen.'
Vledder lachte.
'Ik ben blij,' grapte hij, 'dat een officier van justitie dat niet doet. Als hij zich werkelijk met onze onderzoeken zou gaan bemoeien, werd er geen zaak meer opgelost.'
'Je hebt gelijk,' sprak De Cock berustend. 'Ze zouden ons maar voor de voeten lopen.'
De oude rechercheur zweeg even.
'Maar volgens ons Wetboek van Strafvordering,' ging hij peinzend verder, 'is de officier van justitie wel degelijk de opsporingsambtenaar bij uitnemendheid. Zo wordt hij ook genoemd. Naar de wet is hij de grote onbetwistbare leider van het opsporingsonderzoek in strafzaken.'
De grijze rechercheur grinnikte.
'Wat komt er in de praktijk van die uit-ne-mend-heid terecht?'
Vledder trok zijn schouders op.
'Niet veel,' sprak hij gniffelend. 'Ik ben die uitnemende man van de opsporing bij onze onderzoeken nog nooit daadwerkelijk tegengekomen.'
De Cock knikte.
'Precies. Wel achteraf... als de zaak is geklaard. Dat zie je nu. Omdat hij bij de behandeling van onze laatste moordzaak bang is voor lastige vragen van de verdediging, laat hij jou een aanvullend rapport maken... om zich bij voorbaat in te dekken.'
Vledder tuitte zijn lippen.

'Hij wil goed geïnformeerd zijn.'
De Cock lachte schamper.
'Wil hij dat?' vroeg hij met een zweem van ongeloof. 'Ik zat tijdens de getuigenverhoren van de enquêtecommissie soms met kromme tenen bij de televisie. Het was gewoon gênant om te zien hoe onze hoogste gezagsdragers schurend op hun stoel zich in allerlei bochten wrongen om hun verantwoordelijkheid te ontlopen. Niemand wist iets... nooit had iemand hun wat verteld. Autoritaire draaikonten heb ik ze genoemd.'
Vledder keek hem hoofdschuddend aan.
'Zolang ik je ken foeter je op justitie. Het Openbaar Ministerie heeft nooit jouw liefde gehad.'
De Cock schudde zijn hoofd.
'De meeste frustratie bij de politie ligt bij justitie.' Hij zuchtte omstandig. 'En dat zal vermoedelijk wel altijd zo blijven.'
Vledder plukte aan het puntje van zijn neus.
'Het verbaast mij dat jij nooit bent opgeroepen om voor de enquêtecommissie te verschijnen.'
De Cock keek hem verrast aan.
'Ik?'
Vledder knikte.
'Ongeoorloofde opsporingsmethoden... verboden inkijkoperaties met gebruikmaking van het apparaatje van Handige Henkie... uitlokking tot moord om moordenaars te ontmaskeren. Jij hebt je nooit zo strak aan de wet gehouden.'
Het gezicht van De Cock betrok.
'Ik heb nooit iets gedaan,' sprak hij ernstig, 'wat ik niet met mijn geweten kon verantwoorden. Ik ben er ook nooit een stuiver wijzer...'
Er werd op de deur van de recherchekamer geklopt en Vledder riep: 'Binnen.'
De deur gleed langzaam open en in de deuropening verscheen de gestalte van een korte, stevig gebouwde jonge vrouw. De Cock schatte haar op achter in de twintig. Ze had kortgeknipt donkerblond haar en was manlijk gekleed in een lichtblauwe spijkerbroek, waarop een donkerblauw, iets getailleerd colbert. Met grote passen stapte ze naderbij.
De Cock kwam uit zijn stoel overeind. Toen de vrouw pal voor hem stond, maakte hij voor haar een lichte buiging.

'Waarmee kan ik u van dienst zijn?' sprak hij onderdanig.
Ze keek hem schuins aan.
'U bent rechercheur De Cock?'
'Dat ben ik. De Cock met ceeooceeka.'
Er speelde een glimlach om haar lippen.
'Men zei dat u zo zou reageren.'
'Wie is "men"?'
Ze schudde haar hoofd.
'Dat doet er niet toe,' sprak ze ontwijkend. 'Kan ik u spreken?'
De Cock gebaarde naar de stoel naast zijn bureau.
'Neemt u plaats.'
Ze draaide de stoel iets meer naar hem toe, ging zitten en vouwde haar handen op haar schoot.
De Cock nam ruim de tijd om haar nauwkeurig in zich op te nemen. Ze had, zo constateerde hij, mooie diepblauwe ogen en een fraai gevormde mond, waarvan de mondhoeken iets omhoogkrulden. In haar linkerwang zat een kuiltje. Er was geen spoor van make-up.
'Wie bent u?' vroeg hij vriendelijk.
'Lorette... Lorette de Jong.'
'Wie heeft u naar mij gestuurd?'
Lorette de Jong schudde haar hoofd.
'Niemand.'
'U vroeg naar mij... kende mijn naam.'
'U hebt een reputatie opgebouwd,' antwoordde Lorette. 'Men zegt dat u de verhalen van mensen altijd serieus neemt.'
De Cock nam glimlachend achter zijn bureau plaats.
'Ik moet dus uw verhaal serieus nemen?' reageerde hij vrolijk.
'Dat verwacht ik.'
De Cock keek haar bemoedigend aan.
'Ik luister.'
Lorette de Jong verschoof iets op haar stoel.
'Ik... eh,' begon ze aarzelend, 'ik heb een vriendin... Juliëtte... Juliëtte Dupuitrain. Ze vindt Juliëtte geen mooie naam. Daarom laat ze zich Charmaine noemen.'
'Ik vind Charmaine ook mooier.'
Lorette de Jong negeerde de opmerking.
'Charmaine en ik wonen samen op een flatje... in de Beemster, in Purmerend, aan de Burgemeester Kooimanweg.'

Ze zweeg even.
'Ik maak mij zorgen.'
De Cock keek haar onderzoekend aan.
'Om wie... wat?'
'Om Charmaine.'
'Waarom?'
Lorette de Jong zuchtte diep.
'Ik ben bang dat haar iets zal overkomen.'
De Cock duimde over zijn schouder.
'U woont in Purmerend. Waarom gaat u met uw zorgen niet naar de plaatselijke politie?'
Lorette de Jong schudde haar hoofd.
'Het gebeurt niet in Purmerend.'
'Wat?'
'Waar ik bang voor ben!' riep Lorette geëmotioneerd. 'Charmaine zit op de Wallen.'
De Cock kneep zijn ogen halfdicht.
Lorette de Jong liet haar hoofd iets zakken.
'Charmaine zat al op de Wallen toen ik haar twee jaar geleden op een vakantiereisje leerde kennen. Het was liefde op het eerste gezicht. Ik heb al vaak gezegd dat ze met dat vieze gedoe moest stoppen. Maar dat wil ze niet. Ze heeft schulden. Die wil ze eerst aflossen. Ze zegt dat haar dat als prostituee beter lukt dan als...'
De Cock onderbrak haar.
'Charmaine Dupuitrain... een vreemde naam. Heeft ze de Nederlandse nationaliteit?'
Lorette de Jong knikte.
'Ze is van Franse afkomst... hugenoten.'
'Wat heeft ze voor schulden?'
'Charmaine heeft een gedeelte van een pandje gekocht. Horizontaal eigendom noemen ze dat.'
'Met hypotheek?'
Lorette de Jong keek bedenkelijk.
'Geen hypotheek... dat kon niet... geloof ik. Ze heeft gewoon geld van iemand geleend.'
De Cock knikte begrijpend.
'Met een hoge rente?'
'Dat vermoed ik. Charmaine wil nooit over haar schulden praten. Dat is taboe. Maar ik vermoed dat ze een gevangene is.'

'Een gevangene van haar schulden?'
'Dat denk ik. Iemand houdt haar financieel in een wurgende greep.'
'Waar is dat... eh, dat horizontaal eigendom van haar?'
'Op de Achterburgwal... nummer duizendzeventien.'
De Cock trok een denkrimpel in zijn voorhoofd.
'Duizendzeventien... dat was De Veilige Haven... vroeger een hotelletje. Dat is opgesplitst en er werd een hoerenpandje van gemaakt.'
Lorette de Jong trok haar schouders op.
'Ik kom er nooit. Charmaine wil niet dat ik haar op haar werkplek opzoek. Ik ken de Wallen in feite alleen maar van horen zeggen.'
De Cock glimlachte.
'Zo gevaarlijk is het beroep van prostituee niet,' sprak hij geruststellend, 'dat u zich daarover zorgen behoeft te maken.'
Lorette de Jong boog zich iets naar hem toe.
'Ik ben niet bang,' sprak ze hoofdschuddend, 'dat haar als hoer iets zal overkomen.'
De Cock keek haar verwonderd aan.
'Hoe dan wel?'
De vrouw greep met beide handen naar haar hoofd.
'Het is... eh, het is zo moeilijk om het uit te leggen.'
In haar stem trilde wanhoop.
'Charmaine weet niet dat ik hier ben. Dat mag ze ook nooit horen. Ze zou het mij nooit vergeven dat ik de recherche heb ingeschakeld. Maar Charmaine is bang. Dat merk ik aan alles. Ze is ervan overtuigd dat die vent haar vandaag of morgen iets aandoet.'
De Cock fronste zijn wenkbrauwen.
'Wat voor een vent?'
Lorette de Jong ademde diep.
'Zo'n dag of tien geleden,' sprak ze geduldig, 'was er op een avond plotseling een man op de Achterburgwal, die belangstelling voor haar had.'
'Als prostituee?'
Lorette de Jong trok een pijnlijk gezicht.
'Dat is juist zo vreemd. Hij begluurde haar avond aan avond... stond aan de wallekant van de gracht achter een boom naar haar te kijken. Soms kwam hij wat dichter bij haar raam, maar nooit

lang. Steeds nam hij zijn plek achter die boom weer in. Charmaine kan dat niet verdragen. Ze wordt er gek van.'
'Geen hengst?'
'Wat is een hengst?'
De Cock grinnikte.
'Zo noemen de hoeren een man die steeds kijkt, maar nooit koopt.'
Lorette de Jong schudde haar hoofd.
'Ik heb Charmaine nooit het woord "hengst" horen gebruiken.'
'Vergeeft u mij mijn interruptie,' sprak De Cock verontschuldigend. 'Gaat u verder.'
Lorette de Jong friemelde nerveus aan een knoop van haar colbert.
'Gisteravond, toen ze pas een klant had uitgelaten, liep hij van achter die boom naar haar toe en vroeg haar wat het kostte. Charmaine durfde hem niet te weigeren. Ze vroeg de gebruikelijke prijs. Hij ging met haar mee naar binnen en betaalde.'
Ze stokte.
De Cock keek haar vragend aan.
'En?'
'Niets.'
'Wat bedoelt u met "niets"?'
Lorette de Jong slikte.
'Hij keek even rond, streek met de toppen van zijn vingers langs haar slanke hals en liep toen de deur weer uit.'
'Zonder van haar diensten als prostituee gebruik te maken?' vroeg De Cock ongelovig.
Lorette de Jong schudde haar hoofd.
'Hij deed niets, wilde niets. Charmaine stond te rillen als een riet. Toen hij weg was durfde ze niet verder te werken. Ze heeft de boel direct gesloten en is naar huis gekomen.'
'Heeft ze hem nadien nog gezien?'
Lorette de Jong knikte traag.
'Ze belde mij vanavond op... doodzenuwachtig. "Hij staat er weer," zei ze, "achter de boom." Ik heb mij toen onmiddellijk aangekleed en ben in Purmerend-Overwhere op de trein gestapt.'
'Om mij dit alles te vertellen.'
'Precies.'
'Heeft Charmaine u een beschrijving... een signalement van die man gegeven?'

Lorette de Jong tastte in een binnenzak van haar colbert naar een notitie.
'Ik heb het thuis opgeschreven.' Ze vouwde het briefje met bevende vingers open. 'Niet groot,' las ze hardop, 'ongeveer mijn lengte. Hij heeft zwart haar, donkere ogen en een brede snor, zoals Turkse mannen die wel dragen. Op de rug van zijn rechterhand heeft hij een tatoeage in de vorm van een zonnetje. Charmaine zag die tatoeage toen de man geld uit zijn portefeuille pakte om haar te betalen.'
'Nederlander?'
'Hij heeft alleen gezegd "Wat kost het?" en daar kon Charmaine niets uit opmaken.'
De Cock kwam uit zijn stoel overeind. Lorette de Jong keek met een angstige blik naar hem op.
'Wat gaat u doen?'
De Cock glimlachte.
'Wat u van mij verwachtte... uw verhaal serieus nemen.'

Ze slenterden vanuit de Warmoesstraat naar de Lange Niezel. Het was er druk. Uit de cafés dreunden flarden muziek. Voor het sekstheater stonden mannen in de rij. Aan het einde van de Lange Niezel gingen ze rechtsaf de Achterburgwal op. Een leger van behoeftigen drentelde langs de etalages met schaars geklede vrouwen in barmhartig rood licht.
Vledder staarde nors voor zich uit.
'Dat jij vanavond nog wilt gaan kijken.'
Het klonk als een verwijt.
De Cock keek hem van terzijde aan.
'Waarom niet? Het is toch een kleine moeite om eens een babbeltje met die glurende man te maken?'
'Een stom verhaal,' morde Vledder. 'Als een hoer niet kan verdragen dat een man naar haar kijkt, dan moet ze niet achter het raam gaan zitten.'
De Cock schudde zijn hoofd.
'Er is wel degelijk wat aan de hand. Die Lorette de Jong komt niet laat in de avond nog vanuit Purmerend naar Amsterdam om ons fabeltjes te vertellen. Haar laatste trein is weg. Ze moet met een taxi naar huis.'
'Er is toch niets gebeurd,' gromde Vledder. 'Inbeelding... louter

inbeelding. Die Lorette de Jong is alleen bang dat ze haar liefje kwijtraakt.'
'Die man keek, betaalde en deed niets,' merkte De Cock op.
Vledder grinnikte vreugdeloos.
'Misschien is die Charmaine wel een oerlelijk wijf. Toen die man haar van dichtbij zag, schrok hij en verging hem de lust.'
De Cock reageerde niet.
Voor nummer 1017 bleef hij staan en bekeek het pand aandachtig. De gevel van het oude hotelletje De Veilige Haven was grondig veranderd. Hij ontdekte meerdere ingangen en de ramen waren vergroot.
De gordijnen van het peeskamertje* gelijkstraats waren dicht en het licht was uit. De oude rechercheur draaide zich half om en keek naar de boom aan de wallekant van de gracht. Er was geen man met een snor. Hij liep naar de toegangsdeur van het peeskamertje en voelde aan de klink.
Tot zijn verwondering was die niet op slot. Hij duwde de deur met zijn schouder verder open en ging naar binnen.
Vledder volgde.
De Cock pakte zijn zaklantaarn uit de steekzak van zijn regenjas en liet het ovaal van licht door het kamertje dwalen. Ineens schokte hij. Op de vloer, naast het met een geruite plaid afgedekte peesbed, lag het lichaam van een jonge vrouw. De oude rechercheur bukte bij haar neer en bekeek haar lange slanke hals.
Vledder boog zich over hem heen. De hete adem van zijn jonge collega kriebelde in zijn nek.
'Dood?'
De Cock knikte.
'Gewurgd.'

---

* kamertje waar een hoer haar klanten afwerkt

2

De Cock kwam uit zijn gehurkte houding overeind. Zijn oude knieën kraakten. Hij liet het ovaal van zijn zaklantaarn langs de wanden van het kamertje dansen op zoek naar een schakelaar van het licht. Toen hij die had gevonden, nam hij zijn ballpoint uit de binnenkant van zijn colbert en duwde met het uiteinde de schakelaar om. Het vertrek baadde in zacht rood licht.
De oude rechercheur borg zijn zaklantaarn weer in zijn regenjas en keek om zich heen. Tot zijn verbazing kon hij geen telefoontoestel ontdekken.
Hij wendde zich tot Vledder.
'Bel verderop in het café van Smalle Lowietje naar de wachtcommandant, vraag assistentie en laat hem de meute waarschuwen.'
Vledder keek hem verwonderd aan.
'Waar heb je assistentie voor nodig?'
De Cock zwaaide.
'Geef het signalement van de man met de snor... laat een paar dienders op de Wallen snuffelen. Het is een gok, maar misschien loopt hij nog ergens rond.'
'Denk je dat hij...'
De Cock onderbrak hem abrupt.
'Bel eerst,' riep hij veel vinniger dan zijn bedoeling was.
Toen Vledder het kamertje had verlaten, richtte De Cock zijn aandacht weer op de dode. Ze lag op haar rug met haar ogen gesloten. Haar armen lagen gestrekt langs haar lichaam. In het zachtrode licht zag ze er bekoorlijk uit. Het leek alsof ze vredig sliep, maar de vurige strangulatieplekken in haar hals vormden een gruwelijke dissonant.
Tot verwondering van De Cock was ze niet gekleed in het gebruikelijke tenue van een prostituee. Ze droeg een fraaie lichtgroene zomermantel, die tot haar knieën reikte. Haar lange geblondeerde haren lagen als een krans om haar gezicht. Links van haar hoofd ontdekte hij een afgerukte parelmoeren knoop. Die ontbrak aan de bovenzijde van haar mantel. Haar rechterhand omklemde een sleutelbos. Die sleutelbos in haar hand verbaasde hem.
Hij zocht in het kamertje naar verdere sporen van een worsteling.

Alleen bij het fonteintje was het halfversleten vloerkleed verschoven en gedeeltelijk omgeslagen.
De Cock zette zijn voet op een roestige pedaalemmer naast het fonteintje en telde het aantal gebruikte condooms. Het waren er slechts drie. De jonge vrouw had, zo concludeerde de oude rechercheur, voordat de dood haar overviel, als prostituee een betrekkelijk rustige avond gehad.
Vledder kwam hijgend het kamertje binnen.
'De groeten van Smalle Lowietje, de meute komt en de wachtcommandant heeft vijf dienders met het signalement de buurt ingestuurd.' De jonge rechercheur grinnikte. 'Ik ben benieuwd hoeveel mannen met snorren zij naar de kit zullen slepen.'
De Cock wees naar de dode vrouw op de vloer.
'Oerlelijk?'
Vledder schudde zijn hoofd.
'Integendeel. Ze is... ze was heel mooi.'

Bram van Wielingen begroette De Cock. Hij zette zijn aluminiumkoffertje op de vloer naast de pedaalemmer. Daarna keek hij naar de dode.
'Allemachtig,' riep hij verrast. 'Waait het over naar Amsterdam?'
'Wat bedoel je?'
'In Groningen hadden ze vier dode prostituees in veertien dagen.'
De Cock trok een grijns.
'Spaar me. Aan één dode prostituee heb ik voorlopig genoeg.'
Bram van Wielingen bukte zich, nam de Hasselblad en monteerde een flitslamp. Hij blikte opzij naar De Cock.
'De gebruikelijke prenten of heb je nog bijzondere wensen?'
De grijze speurder wees.
'Ik wil een mooi plaatje van haar gezicht... een foto van die parelmoeren knoop naast haar hoofd en een detail van haar mantel, waar die knoop behoorde te zitten.'
'Weet je al wie zij is?'
De Cock knikte traag.
'Ik denk dat ik het weet... ene Juliëtte Dupuitrain. Ze liet zich Charmaine noemen.'
'Illegaal?'
De Cock schudde zijn hoofd.
'Nederlandse van Franse afkomst.'

'Het wemelt in de binnenstad van illegale prostituees. Niet dat ik er belangstelling voor heb, maar je kunt op de Wallen nog maar met moeite een echt Hollands hoertje vinden.'
De Cock glimlachte.
'Zijn die beter?'
Bram van Wielingen gniffelde. Hij flitste een paar maal in het dode gezicht. Daarna hield hij zijn camera even omlaag en keek naar De Cock.
'Zonde dat ze dat kind hebben afgemaakt,' sprak hij hoofdschuddend. 'Het is een mooi vrouwtje... zelfs nu ze dood is.'
De oude rechercheur reageerde niet. Mooie vrouwen, zo was zijn ervaring, kwamen vaker in moeilijkheden dan lelijke.
Hij gebaarde om zich heen.
'Verder wil ik opnamen van het interieur met dat verschoven en omgeslagen vloerkleed en morgen bij daglicht een foto van de gevel.'
De fotograaf knikte begrijpend.
'Heb je Ben Kreuger nog nodig? Het is vaak onbegonnen werk voor een dactyloscoop. In de regel wemelt het in zo'n peeskamertje van de vingerafdrukken.'
De Cock dacht even na.
'Laat hem toch maar komen. Ik wil weten wie het licht heeft uitgedaan.'
Terwijl Bram van Wielingen nog flitste, kwam dokter Den Koninghe het kamertje binnen. Boven de kleine lijkschouwer uit torenden twee onaandoenlijke broeders van de Geneeskundige Dienst met hun brancard.
De Cock liep op Den Koninghe toe en schudde hem hartelijk de hand. De oude rechercheur had een zwak voor de kleine excentrieke lijkschouwer met zijn ouderwetse grijze slobkousen onder een deftige streepjesbroek, zijn stemmig zwart jacquet en zijn verfomfaaide groen uitgeslagen garibaldihoed.
'Hoe maakt u het?'
De dokter keek even naar hem op.
'Best.' Hij wees naar de dode op de vloer. 'Zij is mijn eerste lijk vanavond. En dat is opmerkelijk na een lange warme zomerse dag.'
'Heeft dat invloed?'
De kleine lijkschouwer knikte nadrukkelijk.

'Absoluut.'
Hij trok zijn pantalon aan de vouwen iets omhoog en hurkte bij het slachtoffer neer. Hij hield de rug van zijn hand even tegen haar wang. Zijn onderzoek duurde verder niet lang. Al na luttele seconden kwam hij uit zijn gehurkte houding omhoog. Met precieze bewegingen nam hij zijn bril af, pakte zijn witzijden pochet uit het borstzakje van zijn jacquet en poetste de glazen. De Cock kende de bewegingen. Het was een reeks gebaren om tijdwinst te boeken.
'Ze is dood,' sprak hij laconiek.
De oude rechercheur knikte met een strak gezicht.
'Dat begreep ik,' reageerde hij simpel.
De dokter wees naar de dode.
'Nog niet zo lang. Haar lichaamstemperatuur is nauwelijks gedaald.' Om zijn lippen speelde een glimlach. 'Haar moordenaar moet nog in de buurt zijn.'
'Doodsoorzaak?'
De lijkschouwer gebaarde opnieuw naar de dode.
'Verwurging... met de handen. De duimafdrukken van haar moordenaar zijn aan de hals duidelijk zichtbaar. Ik zou uitkijken naar een kleine man... kleiner dan zij.'
De Cock trok een bedenkelijk gezicht.
'Waaruit concludeert u dat?'
De dokter spreidde zijn handen tot klauwen.
'De wurgafdrukken van de vingers,' legde hij uit, 'liggen centimeters hoger dan de afdrukken van de duim. Wanneer de dader groter was geweest dan zijn slachtoffer, dan was dat andersom.'
De kleine lijkschouwer wuifde ten afscheid, draaide zich om en liep het kamertje uit.
De Cock keek hem na. Daarna wendde hij zich tot de fotograaf, die zijn fraaie Hasselblad behoedzaam in zijn koffertje teruglegde.
'Ben je klaar?'
Bram van Wielingen knikte.
'Ik heb alles. Morgen heb je ze op je bureau. Behalve dan de foto van de gevel.' Hij keek naar de dode op de vloer. 'Ik hoorde wat de dokter tegen je zei. Wees gerust. Ik heb extra opnamen van de wurgplekken in haar hals gemaakt.'
'Komt er nog een dactyloscoop?'
'Zeker. Ben Kreuger had nog een klusje, maar je kunt hem elk ogenblik verwachten.'

De fotograaf pakte zijn koffertje en zwaaide met zijn vrije hand ten afscheid en verdween.
De Cock wenkte de twee broeders van de Geneeskundige Dienst naderbij. Zwijgend tilden zij de dode op hun brancard en drapeerden een laken over haar heen. Daarna sloegen ze de canvasflappen dicht en sjorden de riemen aan. Zacht wiegend droegen ze de dode vrouw het kamertje uit.
De Cock liep hen na. Het was stil geworden op de Wallen. Het leger van behoeftigen was geslonken en in de meeste etalages was het rode licht gedoofd. De oude rechercheur keek toe hoe de broeders de brancard in de ambulancewagen schoven en de beide deuren sloten. Met een gevoel van weemoed bleef hij kijken tot het rode achterlicht van de wagen in de avondnevel oploste.

Het was al bijna twee uur in de nacht toen De Cock en Vledder de hal van het politiebureau aan de Warmoesstraat binnenstapten. Het slechte onderhoud van het peeskamertje had Ben Kreuger tot uitbarstingen van woede gebracht. Hij had een hele reeks dactyloscopische sporen gevonden. Maar de meeste afdrukken waren door een vettige ondergrond onbruikbaar.
Jan Kusters maakte van achter de balie een wanhopig gebaar.
'Wat moet ik met al die mannen met snorren in de wachtkamer?' vroeg hij klaaglijk.
De Cock liep glimlachend op hem toe.
'Hoeveel heb je er?'
De wachtcommandant wees voor zich uit.
'Zeven. En de jongens hadden er beslist nog meer kunnen oppakken. Het is opmerkelijk hoeveel mannen tegenwoordig snorren dragen.'
'Ik wil ze bekijken.'
Jan Kusters kwam van achter de balie vandaan.
'We krijgen hier vast gedonder mee,' sprak hij bezorgd. 'Onrechtmatige vrijheidsbeneming. Er zijn er bij die om een advocaat schreeuwen.'
De oude rechercheur tikte met zijn wijsvinger op zijn borst.
'De verantwoording ligt bij mij.'
Ze liepen de agentenwachtkamer binnen. Vledder volgde in hun kielzog.
De grijze speurder keek naar de reeks zwartharige mannen met uit-

bundige snorren. Het was een vreemd, exclusief gezelschap zonder enige samenhang. De meesten van hen zaten er onwennig bij... een nerveuze trek op hun gezicht. Wat De Cock opviel, waren de grote verschillen in postuur. Buiten de snorren en zwarte haren leken de mannen in niets op elkaar. De oude rechercheur maakte met zijn rechterhand een opgaande beweging.
'Ik verzoek u te gaan staan.' Hij gebaarde naar de wand. 'Graag op een rij.'
Toen ze stonden, nam hij zijn hoed af.
'Mijn naam is De Cock,' sprak hij met enige stemverheffing. 'De Cock met... eh, met ceeooceeka. Dit voor de lieden die het voornemen hebben om een klacht over ons optreden te schrijven. Ik wil dan dat u mijn naam goed spelt. Uw gang naar dit bureau geschiedde namelijk op mijn verzoek.
Een goed uur geleden is op de Wallen een vrouw vermoord. Ik heb redenen om aan te nemen dat de moord is gepleegd door een man met zwart haar en een snor... een snor soortgelijk aan die uw bovenlip siert. Dat is de reden van uw aanwezigheid hier.'
Een wat gezette man deed een stap naar voren uit de rij.
'U hebt geen enkel recht,' sprak hij woedend, 'om mij zomaar van de straat te plukken en hier vast te houden. Ik wil dat u onmiddellijk mijn advocaat in kennis stelt.'
De Cock monsterde de gestalte van de man.
'U hebt uw naam aan de wachtcommandant opgegeven?'
'Ja.'
'U bent gehuwd?'
'Inderdaad.'
De Cock glimlachte.
'U kunt gaan en zelf uw advocaat in kennis stellen.' De oude rechercheur zweeg even. 'Als uw klacht mij bereikt, kom ik u thuis even opzoeken om er over te praten.'
Toen de man met driftige passen de wachtkamer had verlaten, riep Jan Kusters De Cock naar een verre hoek van het vertrek. 'Dat is een pure vorm van chantage,' sprak hij angstig fluisterend.
De oude rechercheur grijnsde.
'Wedden dat er geen klacht komt. Hij zal voor zijn vrouw niet willen weten dat hij 's avonds op jacht gaat naar een hoer.' Hij wees naar de mannen in de rij. 'Heb je ze nagetrokken?'
De wachtcommandant knikte.

'Twee van hen zijn illegaal. Die kunnen we zo aan de Vreemdelingendienst kwijt. Een van hen heeft nog drie maanden gevangenisstraf te goed. Dat is ook geen probleem, die slijten we aan de parketwacht.'
De Cock wees.
'En de kleinste van het stel?'
Jan Kusters raadpleegde zijn lijstje.
'Dat is Johan-Pieter Berkenhout.'
'Antecedenten?'
De wachtcommandant knikte.
'Een jaar of tien geleden heeft hij enige tijd vastgezeten voor een snelkraak.'
'Geen veroordeling?'
Jan Kusters schudde zijn hoofd.
'Vrijspraak.'
'En de anderen?'
'Niets. Een blanco strafregister.'
De Cock zuchtte.
'Stuur ze met onze oprechte verontschuldigingen naar huis. Zet alles wel omstandig in je dagelijks rapport.' Hij liep naar Vledder.
'Neem de kleinste mee naar boven voor een verhoor.'

Johan-Pieter Berkenhout gebaarde heftig.
'Wat is dit voor hocus-pocus?' riep hij kwaad. 'Loop ik rustig over de Wallen om een knap hoertje uit te zoeken, grijpen twee dienders mij in mijn nekvel en sleuren mij als verdacht van moord naar de kit.' Hij schudde zijn hoofd. 'Dat kan helemaal niet, meneer De Cock. Zoiets kun je niet maken.'
De oude rechercheur glimlachte.
'Ik zoek een moordenaar.'
Johan-Pieter Berkenhout sloeg met zijn vuist op zijn borst.
'Dan moet je mij niet hebben. Ik ben geen man die een hoertje haar keel dichtknijpt. Daar heb ik geen aanleg voor. Daar moet je een pervers ventje voor uitzoeken. Zo eentje die z'n ei niet goed kwijt kan.'
De Cock boog zich iets naar voren.
'Ze noemden jou vroeger De Shovel... is het niet? Jij was een van de eersten die met een shovel door de muur van een bank ramden om te kijken of ze daar soms wat geld hadden laten slingeren.'

Johan-Pieter Berkenhout schudde zijn hoofd.
'Dat is nooit bewezen.'
De Cock trok zijn schouders op.
'Dat betekent niet dat ik geen gelijk heb.'
Johan-Pieter Berkenhout grijnsde.
'Ik kan je het geloof van mijn onschuld niet geven.'
Hij spreidde zijn handen. 'En wat heeft mijn verleden met de dood van dat hoertje te maken? Eenmaal gestolen, altijd een dief... maar geen moordenaar.'
Vledder boog zich naar hem toe.
'Waarom heb jij al meer dan een week achter die boom naar dat hoertje staan gluren?' vroeg hij bars.
Johan-Pieter Berkenhout draaide zich grinnikend naar hem toe. 'Ik gluur niet naar hoertjes van achter een boom. Ik ben geen hengst. Als ik trek heb, betaal ik de prijs die ze vraagt en...'
Vledder onderbrak hem vinnig.
'De man,' sprak hij bits, 'die dagenlang van achter die boom naar dat vermoorde hoertje gluurde, had zwart haar en droeg een vette snor zoals jij.'
Johan-Pieter Berkenhout grinnikte.
'Jij was vanavond,' sprak hij zoet grijnzend, 'toch ook in de agentenwachtkamer... allemaal zwarte mannen met vette snorren. Waarom jullie juist mij eruit pikken mag de goeie God weten.'
De Cock zuchtte.
'De goede God weet meer dan ik,' sprak hij berustend. 'Ik weet niet of jij dat hoertje vanavond om zeep hebt geholpen. Ik heb daarvoor geen afdoende bewijzen. Wat mij betreft kun je nu gaan. Misschien ontmoet ik je nog wel eens wanneer ik juridisch bezien wat steviger in mijn schoenen sta.'
Johan-Pieter Berkenhout glimlachte beminnelijk.
'Dan laat ik mij door u arresteren.' Hij blikte verholen naar Vledder. 'Dat lijkt mij eervoller dan door een piemeltje te worden aangehouden.'
Het gezicht van Vledder kleurde rood. De Cock zag het en maakte een afwerend gebaar.
Johan-Pieter Berkenhout kwam van zijn stoel omhoog.
'Blijf braaf zoeken naar een man met een zwarte snor.'
Het klonk spottend.
'Ik was het niet.'

Hij pakte met duim en wijsvinger zijn snor vast en trok hem voorzichtig van zijn bovenlip. 'Die van mij is niet echt... gewoon een nepsnor. Als ik naar de hoeren ga, word ik niet graag herkend door iemand die later mijn vrouw inlicht.'
Hij liep van hen weg. Bij de deur draaide hij zich half om. Op zijn gezicht lag een milde grijns.
'Goedenavond heren... het was mij hoogst aangenaam.'

3

Op het Stationsplein stapte De Cock uit een overvolle tram en liep in een stroom van reizigers naar het brede trottoir van het Damrak. Na een donkere regenperiode liet de zon zich weer eens uitbundig zien. Ze straalde in het hemelsblauw met hier en daar een wulps schapenwolkje voor het decor.
Zonnig zomers Amsterdam bood een vrolijk vriendelijk aanzien. De niet langer in regenplastic verpakte meisjes en jonge vrouwen toonden luchtige kleurrijke toiletjes, waarin hun bekoorlijke vormen volledig tot hun recht kwamen.
De Cock keek om zich heen en genoot. Verholen. Zijn puriteinse ziel liet hem niet toe zich onbeschaamd aan al dat schoons te vergapen. Toch voelde hij zich ineens jong... jonger dan zijn jaren telden.
Bij de Oudebrugsteeg stak hij met tintelend plezier voor een juist aanstormende tramtrein van lijn 9 de rijbaan van het Damrak over en zwaaide joviaal naar een onverbeterlijke penozejongen, van wie hij wist dat hij weer net uit de bajes was ontslagen.
In de Warmoesstraat, voor de ingang van het beruchte politiebureau, bleef hij even staan en keek op zijn polshorloge. Hij was ruim drie kwartier te laat. Hij constateerde het met kinderlijk plezier.
Toen hij de hal van het politiebureau binnenstapte, riep Jan Kusters hem van achter de balie. De Cock liep glimlachend op de wachtcommandant toe.
'Goedemorgen,' riep hij jolig. 'Slecht geslapen? Je hebt een gezicht van oude lappen.'
'Ik voel mij ook niet prettig.'
De Cock gebaarde naar de straat.
'Zet je pet op en ga naar buiten. De zon schijnt. Het belooft een fraaie dag te worden.'
De wachtcommandant gromde.
'Ik ben vanmorgen vroeg al bij de commissaris geroepen.'
'Waarvoor?'
'Die razzia van gisteravond.'
De Cock trok een vies gezicht.
'Razzia?'
Jan Kusters knikte.

'Zo noemde Buitendam het. Ik moest hem een volledig verslag doen van hoe het was gegaan... hoe lang wij die mensen van hun vrijheid hadden beroofd.'
De Cock schudde zijn hoofd.
'We hebben die mensen niet van hun vrijheid beroofd. Het was een kort oponthoud voor een verhoor. Dat klinkt heel anders.'
De wachtcommandant zuchtte.
'Leg hem dat maar eens uit.'
'Had hij een klacht ontvangen?'
De wachtcommandant trok zijn schouders op.
'Dat weet ik niet. Ik kreeg het idee dat iemand hem had ingelicht.'
'Het stond toch in jouw dagelijks rapport?'
Jan Kusters knikte.
'Dat had hij voor zich liggen.'
De Cock glimlachte.
'Heb je hem uitgelegd dat ik de aanstichter van die... eh, die razzia was?'
Jan Kusters grijnsde.
'Hij heeft mij ook niets verweten,' sprak hij hoofdschuddend.
'Maar ik ben bang dat jij je borst nat kunt maken.'
De Cock schoof zijn oude hoedje naar voren en krabde zich achter in zijn nek.
'Razzia... razzia,' herhaalde hij ongelovig, 'waar haalt die man dat woord vandaan?'

Het vale gezicht van commissaris Buitendam, de lange statige politiechef van bureau Warmoesstraat, stond op storm. Zijn neusvleugels trilden en de kleine ogen onder zijn borstelige wenkbrauwen fonkelden kwaadaardig. Hij wuifde met een slanke hand wat bruusk naar de stoel voor zijn bureau. 'Ga zitten, De Cock,' sprak hij geaffecteerd. 'Ik moet met je spreken.'
De Cock monsterde het gezicht van zijn chef en koos voor de aanval. 'Als het u hetzelfde is,' reageerde hij nonchalant, 'ik blijf liever staan.'
Buitendam kuchte.
'Zoals je wilt,' sprak hij kortaf. Hij schoof het dagelijks rapport naar zich toe, pakte zijn bril en las hardop de namen voor van de zeven mannen die door een paar dienders van de Wallen waren geplukt. Daarna keek hij vertoornd op.

'Weet jij nog wat volgens de wet een verdachte is, De Cock?'
De oude rechercheur knikte gelaten.
'Degene,' dreunde hij op, "te wiens aanzien uit feiten of omstandigheden een redelijk vermoeden van schuld aan enig strafbaar feit voortvloeit.'
Buitendam grijnsde.
'Ik hoor dat je het nog niet bent vergeten.' Hij zweeg even. 'En is het hebben van een snor en zwart haar een re-de-lijk ver-moe-den van schuld?'
De Cock ademde diep.
'Er meldde zich gisteravond bij ons een jonge vrouw, die ons vertelde dat een haar bekend hoertje op de Wallen al geruime tijd door een man met zwart haar en een snor was lastiggevallen. Vledder en ik zijn gaan kijken. Toen wij bij haar peeskamertje kwamen, vonden we haar dood. Gewurgd. Het moet vrij kort voor onze komst zijn gebeurd. Er was nog geen temperatuurverlies. Het slachtoffer was nog zo warm, dat de moordenaar niet ver weg kon zijn. Van de Wallen scheurt men 's avonds niet weg met een auto. Dat kan eenvoudig niet. Daarvoor is het daar te druk en te vol. Ik gokte erop dat de dader nog in de omgeving was... te voet.'
Commissaris Buitendam grijnsde.
'Toen heb je alle mannen met zwart haar en een snor maar laten oppakken.'
De Cock knikte met getuite lippen.
'En ik sta nog steeds achter de beslissing voor deze... eh, deze razzia.'
Commissaris Buitendam snoof.
'Ik niet,' brulde hij, 'en ook onze officier van justitie niet. Meester Medhuizen toonde zich uiterst verbolgen.'
De Cock veinsde verbazing.
'Heeft de officier een klacht over ons optreden ontvangen?'
Commissaris Buitendam schudde zijn hoofd.
'Geen klacht. Het is hem ter ore gekomen en daarna heeft hij mij ingelicht.'
De Cock trok een denkrimpel in zijn voorhoofd.
'Ter ore gekomen?' herhaalde hij vragend.
Commissaris Buitendam knikte.
'Iemand uit het publiek heeft hem van jouw actie op de hoogte gebracht.'

De Cock fronste zijn wenkbrauwen.
'Iemand uit het publiek?' herhaalde hij verrast.
'Zeker.'
De Cock keek hem ongelovig aan.
'Sinds wanneer,' vroeg hij met een licht sarcasme, 'heeft onze officier van justitie infiltranten onder de hoerenlopers?'
Als door een wesp gestoken kwam commissaris Buitendam met een ruk uit zijn stoel overeind. Zijn gezicht zag rood en zijn handen trilden.
Met een vlammende blik in zijn ogen strekte hij zijn rechterhand naar de deur.
'Eruit.'
De Cock ging.

Vledder keek hem onderzoekend aan.
'Jij was bij de commissaris?'
De Cock maakte een grimas.
'Jan Kusters had mij al gewaarschuwd dat Buitendam ons optreden van gisteravond niet kon waarderen. En omdat de aanval de beste verdediging is, ben ik maar direct naar hem toe gestapt.'
'En?'
De Cock grinnikte.
'Het was weer mis. Die man kan niet normaal een gesprek afronden. Hij joeg mij, zoals gebruikelijk, met een woest gebaar de kamer af.'
Vledder keek hem schattend aan.
'Je bent onverbeterlijk. Jij zult best wat hebben gezegd dat hem opwond.'
De Cock wuifde het onderwerp weg.
'Heb je Lorette de Jong ingelicht dat haar Charmaine is vermoord?'
Vledder knikte.
'Via de politie in Purmerend.'
'Denk je aan een herkenning?'
Vledder keek hem geschrokken aan.
'Moet dat?'
De Cock knikte nadrukkelijk.
'We hebben geen enkele zekerheid dat die gewurgde vrouw in het peeskamertje inderdaad Juliëtte ofwel Charmaine Dupuitrain is. Je

hebt Lorette de Jong nodig voor een confrontatie. En misschien weet zij nog iemand die Charmaine in leven heeft gekend. Met een enkele herkenning neemt de wet geen genoegen.'
Vledder keek op zijn horloge.
'Dan mag ik wel voortmaken. De sectie is om twee uur. En het lijkt mij niet prettig om de confrontatie te doen nadat dokter Rusteloos Charmaine onder handen heeft genomen.'
De Cock wees naar het telefoontoestel op zijn bureau.
'Regel het met de recherche in Purmerend,' adviseerde hij. 'Misschien kunnen zij ervoor zorgen dat Lorette de Jong en een getuige op tijd op Westgaarde zijn.'
Vledder greep de telefoon. Toen hij na een uitgebreid gesprek de hoorn neerlegde, zuchtte hij diep.
'Het lukt gelukkig. Stom. Ik heb helemaal niet aan een herkenning gedacht.'
De Cock glimlachte.
'Ben je nog iets te weten gekomen over Johan-Pieter Berkenhout?'
Vledder knikte.
'Ik heb Hans Rijpkema gesproken. Hij was de rechercheur die destijds de zaak tegen Johan-Pieter Berkenhout in behandeling had. Het verbaasde hem dat wij hem van de Wallen plukten.'
'Waarom?'
'Volgens Hans Rijpkema is Johan-Pieter Berkenhout in jaren niet in Amsterdam gesignaleerd. Tien jaar geleden, na zijn vrijspraak inzake een serie snelkraken, is hij naar Spanje vertrokken. Hij zou aan de Costa Brava een huis hebben gekocht met het doel om daar permanent te blijven.'
De Cock trok een grijns.
'Die serie snelkraken hadden De Shovel dus voldoende opgeleverd.'
Vledder knikte.
'Hans Rijpkema schat het op enkele tonnen.'
De Cock floot tussen zijn tanden.
'Misdaad loont.'
Vledder stak zijn wijsvinger omhoog.
'Mochten er inzake Johan-Pieter Berkenhout nieuwe ontwikkelingen komen, dan werd hij graag op de hoogte gebracht. Hans Rijpkema is nog steeds hevig in die man geïnteresseerd.'
De jonge rechercheur staarde even voor zich uit.

'Ik ook.'
De Cock lachte.
'Omdat hij jou gisteravond...'
De grijze speurder stokte. Er werd op de deur van de recherchekamer geklopt en Vledder riep: 'Binnen.'
De deur ging langzaam open en in de deuropening verscheen de gestalte van een jonge vrouw. De Cock schatte haar op voor in de dertig. Ze droeg een effen bruin mantelpakje van grove tweed en zwarte gebreide kousen. Haar voeten staken in robuuste wandelschoenen. Dreunend stapte ze naderbij.
Bij het bureau van De Cock bleef ze staan. De oude rechercheur voelde niet de behoefte om haar hoffelijk te begroeten. Hij keek vanuit zijn stoel omhoog. Haar helgroene ogen blikten kil op hem neer.
'Ze is dood,' sprak ze kort.
De Cock veinsde verbazing.
'Wie?'
'Charmaine.'
'Wie heeft u dat verteld?'
'Er stond vanmorgen in de krant dat op de Wallen een prostituee was vermoord. Ik wist op dat moment al dat het Charmaine was.'
De Cock liet de woorden even op zich inwerken. Daarna kwam hij uit zijn stoel omhoog en stak haar zijn rechterhand toe. 'Mijn naam is De Cock,' sprak hij vriendelijk. 'De Cock met ceeooceeka.'
Na de handdruk wuifde hij naar de stoel naast zijn bureau. 'Gaat u zitten.' Hij wachtte even tot ze uitgebreid had plaatsgenomen. 'Met wie heb ik het genoegen?'
Ze vouwde haar handen in haar schoot.
'Mijn naam is Grietje... Grietje van der Zee. Ze noemen mij Gré.'
De Cock liet zich in zijn stoel zakken.
'U hebt Charmaine gekend?'
Grietje van der Zee knikte.
'Wij hebben jaren samengewoond.'
'U was met haar bevriend?'
De vrouw trok haar lippen in een strakke lijn.
'Ik hield van haar.'
De Cock plukte aan zijn onderlip.
'Die liefde is bekoeld?'
Grietje schudde haar hoofd.

'Niet van mijn kant.'
'Van de kant van Charmaine?'
'Ook niet.'
De Cock glimlachte.
'U had nog steeds contact met haar?'
'Toen ik erachter kwam dat ze als prostituee op de Wallen zat, bezocht ik haar zo nu en dan.'
'Waar?'
'Op haar werkplek.'
'Toen u erachter kwam dat ze op de Wallen zat?' herhaalde De Cock vragend.
'Ja.'
De Cock strekte zijn wijsvinger naar haar uit.
'Charmaine werkte nog niet als prostituee op de Wallen toen u met haar samenwoonde?'
Grietje schudde haar hoofd.
'Daar ben ik pas later achtergekomen. Toevallig. Een kennis van mij had haar daar gezien.'
'Wat deed Charmaine toen ze nog bij u woonde?'
Grietje glimlachte.
'Charmaine en ik werkten samen op de IJsselsteinse Bank. Daar heb ik haar ook leren kennen. Het klikte direct tussen ons. Na enkele maanden hebben wij besloten om samen te gaan wonen.'
De Cock keek haar niet-begrijpend aan.
'Hoe... eh, hoe is Charmaine dan,' stamelde hij, 'in de prostitutie terechtgekomen?'
'Door haar!'
'Wie?'
'Die meid met wie ze nu optrekt.'
'Lorette de Jong?'
Grietje reageerde verwonderd.
'Die kent u?'
De Cock knikte.
'Gisteravond kwam Lorette de Jong hier op het bureau en zei dat ze zich zorgen maakte om Charmaine. Mijn collega en ik zijn toen gaan kijken en vonden haar vermoord in haar peeskamertje liggen.'
De ogen van Grietje van der Zee vulden zich met tranen.
'Charmaine,' sprak ze luid snikkend, 'was doodsbang voor haar.

Die Lorette is zo doortrapt gemeen. Ze heeft allerlei trucs bedacht om Charmaine tot prostitutie te dwingen.'
'Charmaine wilde niet?'
'Absoluut niet,' antwoordde Grietje fel. 'Ik heb haar wel in haar peeskamertje aangetroffen met rode ogen. Dan had ze zitten huilen.'
De Cock knikte begrijpend.
'Wat is de reden dat jij en Charmaine uit elkaar zijn gegaan?'
'Dat is de schuld van die Lorette,' snikte de vrouw. 'Charmaine had haar op een vakantiereisje ontmoet en die meid kreeg onmiddellijk zoveel invloed op haar, dat het leek alsof Charmaine plotseling geen eigen wil meer had. Lorette had haar volkomen in haar macht.'
De Cock keek haar niet-begrijpend aan.
'Zij was toch uw vriendin... hebt u niet geprobeerd die macht te breken?'
Grietje liet haar hoofd zakken.
'Dat ging gewoon niet,' sprak ze toonloos. 'Charmaine leek gehypnotiseerd... verdoofd. Het was net alsof mijn woorden niet tot haar doordrongen.'
De Cock kneep zijn ogen halfdicht.
'Naar wie gingen de verdiensten van Charmaine?'
'Naar Lorette. Die nam alles. Wanneer Charmaine op een avond minder dan driehonderd gulden had verdiend, dan mocht ze niet naar Purmerend naar haar flatje, maar moest in haar peeskamertje overnachten.'
'Slavin.'
Grietje knikte heftig.
'Volkomen... tot in het diepst vernederd.'
De Cock nam een kleine pauze en kauwde op zijn onderlip.
'In het begin van ons gesprek,' ging hij gedragen verder, 'zei u dat u vanmorgen bij het lezen van het bericht over de moord op de Wallen al onmiddellijk wist dat het slachtoffer Charmaine was.'
'Dat wist ik.'
'Intuïtie?'
Grietje zuchtte.
'Ik heb geen enkele twijfel gekend. Geen moment. Ik ben ook na het lezen van dat bericht in de ochtendkrant onmiddellijk naar u toe gekomen. Ik wist dat het eens zou gebeuren.'

'Wat?'
'Die moord.'
De Cock boog zich naar haar toe.
'Hoe... hoe wist u dat?'
Grietje van der Zee spreidde haar handen.
'Het was het enige denkbare einde.'
'Waarvan?'
'Van hun relatie.'
De Cock schudde zijn hoofd.
'Dat begrijp ik niet.'
Grietje schonk hem een medelijdend lachje.
'Dat zullen mannen,' verzuchtte ze, 'vermoedelijk nooit begrijpen. In de relatie tussen Lorette de Jong en mijn geliefde Charmaine was Lorette zo dominant... had ze zoveel geestelijk overwicht... zoveel... haast wellustige macht over Charmaine, dat ze niet alleen over haar leven, maar ook over haar dood beschikte.'
De Cock fronste zijn wenkbrauwen.
'Weet u wat u zegt?'
Grietje van der Zee knikte nadrukkelijk.
'Lorette de Jong vermoordde Charmaine. En het was niet de eerste keer.'
De Cock tastte haar gelaatstrekken af... zocht naar een zweem van waanzin. Die was er niet. Haar ogen stonden helder en buiten haar betraand gezicht was er geen spoor van emotie.
'Niet de eerste keer?' herhaalde hij traag en vol ongeloof.
Grietje van der Zee schudde haar hoofd.
'Al twee keer eerder,' sprak ze rustig, 'heeft Lorette de Jong op het punt gestaan om Charmaine uit machtswellust te wurgen... had ze haar handen al om haar keel. Toen gilde Charmaine en kwam Lorette op tijd tot bezinning. Dit keer ging ze te ver.'

4

'Gewauwel.'
De Cock keek zijn jonge collega verrast aan.
'Een snelle conclusie,' reageerde hij lachend.
Vledder knikte.
'Geloof jij dan een woord van hetgeen die Grietje van der Zee beweert?'
De Cock krabde zich achter in zijn nek.
'Ik... eh, ik ben toch niet van plan,' antwoordde hij voorzichtig, 'om haar verhaal zonder meer als ge-wau-wel af te wijzen. In vele opzichten wijkt het sterk af van hetgeen Lorette de Jong ons schetste. Die verschillen verdienen zeker onze aandacht.'
Vledder negeerde de opmerking. Hij boog zich over een notitie op zijn bureau.
'Ik heb opgeschreven wat Grietje van der Zee over de relatie tussen Lorette en Charmaine zei: "Lorette de Jong was zo dominant, had zoveel... haast wellustige macht over Charmaine, dat ze niet alleen over haar leven, maar ook over haar dood beschikte".'
De jonge rechercheur keek op.
'En dat mag ik geen gewauwel noemen?'
In zijn stem klonk ongeloof.
De Cock trok zijn schouders op.
'Ik kan het waarheidsgehalte van die bewering moeilijk inschatten. Sommige menselijke verhoudingen hebben vreemde structuren.'
Vledder gebaarde achteloos.
'Grietje van der Zee is gewoon jaloers omdat Lorette de Jong haar vriendinnetje heeft afgepakt. Dat is het. Als wraak beschuldigt ze haar nu van moord.'
De Cock trok een bedenkelijk gezicht.
'Wanneer we die beschuldiging praktisch bekijken, dan heeft Lorette de Jong wel degelijk de mogelijkheid gehad om Charmaine om te brengen. Ze kan na haar daad heel koelbloedig naar ons zijn gestapt met een opwindend verhaal over een man met een snor.'
Vledder schudde zijn hoofd.
'Lorette de Jong kwam nooit op de Wallen,' reageerde hij kortaf.
De Cock grijnsde.
'Dat zegt ze. Maar ook dat kan een leugen zijn... net als haar op-

windende verhaal over een glurende zwarte man met een snor van achter een boom... niet op waarheid behoeft te berusten. Het opmerkelijke is, dat Grietje van der Zee met geen woord rept van een griezelige zwarte man met een snor.'
'Misschien heeft Charmaine met haar nooit over de man met de snor gesproken?'
De Cock schudde zijn hoofd.
'Dat lijkt mij niet aannemelijk. Als die man Charmaine werkelijk angst inboezemde, zoals Lorette de Jong nadrukkelijk beweert, dan had ze haar angst ook aan Grietje van der Zee kenbaar gemaakt. Al waren ze niet meer bij elkaar... er bestond toch nog altijd een vertrouwensrelatie.'
De oude rechercheur staarde even voor zich uit. Daarna stak hij zijn wijsvinger omhoog.
'Dan is er nog iets opmerkelijks,' sprak hij bedachtzaam. 'We vonden Charmaine niet in haar tenue van prostituee en ze had een bos sleutels in haar hand. Wat is volgens jou de conclusie?'
Vledder zuchtte.
'Ze stond op het punt haar peeskamertje te verlaten... of ze kwam net in haar peeskamertje terug toen de moordenaar haar overviel.'
De Cock knikte.
'Heel goed,' sprak hij bewonderend. 'Grietje van der Zee vertelde dat Charmaine van Lorette niet naar het flatje in Purmerend mocht komen als ze op een avond minder dan driehonderd gulden had verdiend. In de pedaalemmer zaten maar drie condooms. Dat betekent drie klanten. Ik vermoed, dat Charmaine haar driehonderd gulden gisteravond niet heeft gehaald.'
Vledder liet zijn hoofd iets zakken.
'Dus,' reageerde hij somber, 'moest Charmaine in haar peeskamertje overnachten.'
'Juist.'
De jonge rechercheur veerde strijdlustig op.
'Als het verhaal van Grietje van der Zee op waarheid berust!' riep hij fel. 'En daar ga ik nog steeds niet van uit.'
De Cock glimlachte.
'Het wordt tijd dat er een betrouwbare leugendetector op de markt komt.'
Vledder grinnikte.
'En dat we zo'n ding van Van Traa en zijn parlementaire enquête-

commissie ook werkelijk bij een verhoor mogen gebruiken.'
De Cock glimlachte.
'Zonder van "onrechtmatig verkregen bewijs" te worden beschuldigd.'
De oude rechercheur trok zijn gezicht in een ernstige plooi.
'We zullen in ieder geval Lorette de Jong nog eens stevig aan de tand moeten voelen. Ik hoop voor haar dat ze een sluitend alibi heeft.'
'Heeft ze dat nodig?'
De Cock tuitte zijn lippen.
'Ik meen van wel. Heeft ze Charmaine tot prostitutie gedwongen? Zijn er wurgpogingen geweest? Ik vraag mij ook af vanwaar Charmaine haar heeft gebeld om te zeggen dat de man met de snor er weer was. In het peeskamertje was geen telefoon.'
Vledder trok zijn schouders op.
'Bij Smalle Lowietje... zoals ik dat heb gedaan?'
De Cock antwoordde niet.
'Meet haar straks eens op.'
'Wie?'
'Het slachtoffer Charmaine. Voordat de sectie begint. Ik wil weten hoe lang ze is.'
'Waarom?'
'Omdat Charmaine volgens mij zeker een kop groter was dan Lorette de Jong.'
'Je bedoelt de stand van de wurggrepen?'
De Cock knikte.
'En vraag of dokter Rusteloos de spanwijdte van de wurggreep wil opmeten.'
'Wat is dat?'
'Een wurggreep laat in de hals kleine bloeduitstortingen na. De spanwijdte... de afstand tussen duim en middelvinger kan belangrijk zijn. Is die afstand groot, dan kan iemand met kleine handen nooit de wurger zijn.'
'Begrepen.'
De Cock wuifde naar Vledder.
'Let straks bij de confrontatie goed op de reacties van Lorette de Jong als ze naar de dode Charmaine kijkt en vraag aan onze collega's uit Purmerend of ze haar na de herkenning aan de Warmoesstraat willen afzetten.'

Vledder keek hem verrast aan.
'Ga je haar arresteren?'
De Cock schudde zijn hoofd.
'Ik zal haar de verklaring van Grietje van der Zee voorleggen... en dan maar zien hoe Lorette de Jong daarop reageert.'
'Je wacht met haar verhoor toch wel tot ik terug ben van de sectie?'
De Cock knikte met een glimlach.
'Ik vraag aan Jan Kusters of hij haar een poosje in de wachtkamer vasthoudt.'
De oude rechercheur keek op zijn horloge.
'Ik heb nog wel even de tijd.'
Hij stond op en slenterde naar de kapstok.
Vledder liep hem na.
'Waar ga je heen?'
De Cock draaide zich half om.
'Naar een hoerenwaardin in ruste... Brabantse Truus. Ze woont pal tegenover wat vroeger De Veilige Haven was en zit altijd voor het raam.'

Haar dikke grijze haren zaten vol witte papillotjes en op de zwartglimmende kimono waren veelkleurige paradijsvogels geborduurd. Brabantse Truus ging tegenover hem zitten en plukte met een bevende hand een onzichtbaar pluisje van haar pluchen tafelkleed.
'Ouderdom komt met gebreken,' sprak ze klagerig. 'Ik heb het de laatste dagen een beetje aan mijn darmen. Daarom heb ik het gemist. Toen ik van de plee terugkwam, stond de ambulancewagen er al.'
Ze keek naar De Cock op.
'Had ik anders haar moordenaar gezien?'
De oude rechercheur glimlachte.
'Ik acht die kans heel groot. Toen we haar vonden was ze nog warm.'
Brabantse Truus zwaaide naar het raam.
'Arm kind.'
Haar stem trilde van medelijden.
'Ik heb nooit goed begrepen wat ze in de business te zoeken had. Een schichtig kindvrouwtje. Ze deugde helemaal niet voor het vak.'

'Heb je wel eens met haar gesproken?'
Brabantse Truus schudde haar hoofd.
'Het kind sprak met niemand. Ze had geen enkel contact met de andere meiden op de gracht.'
'Klandizie?'
Brabantse Truus maakte een grimas.
'Weinig.'
'Ze was toch een mooie meid.'
Brabantse Truus trok een bedenkelijk gezicht.
'Je moet die hoerenkerels laten zien wat je in huis hebt. Daar komen ze op af. Als je als een ziek vogeltje met een bleek bekkie voor het raam zit, lopen ze je voorbij. Dat trekt niet.'
Ze grinnikte.
'Ik heb wel eens op het punt gestaan om die meid een paar levenslesjes uit de hoerenpraktijk bij te brengen, maar dan dacht ik: ach, waar bemoei ik me mee. Ze zit niet in mijn hoerenkast.'
'Heb je nog meiden zitten?'
Brabantse Truus schudde haar hoofd.
'Niet meer. Ik ben te oud om nog achter hun kont aan te lopen.'
De Cock lachte.
'Bleef dat vrouwtje 's nachts wel eens in haar peeskamertje slapen?'
Brabantse Truus knikte.
'Dat kwam wel voor.' Ze zuchtte diep. 'Ook dat begreep ik niet. Toen ik nog achter het raam zat, was ik maar wat blij als ik uit mijn hok mocht.'
'Kreeg ze wel eens bezoek... ik bedoel, buiten de klandizie?'
Brabantse Truus wees weer naar het raam.
'Ik heb wel eens gedacht dat ze een lesbienne was... een pot. Er kwamen wel vrouwen bij haar over de vloer... van die onvrouwelijke types... als je begrijpt wat ik bedoel.'
De Cock glimlachte.
'Ik begrijp wat je bedoelt, Truus. Kun je ze een beetje beschrijven?'
Brabantse Truus trok een vies gezicht.
'Daar ben ik niet zo goed in.'
De Cock knikte haar bemoedigend toe.
'Probeer eens?'
Brabantse Truus trok rimpels in haar voorhoofd.

'Er was een korte stevige met een jongenskoppie. Die zag je niet veel. Dan was er een die zelfs midden in de zomer nog zwarte kousen droeg.'
De Cock keek haar bewonderend aan.
'Prachtig,' riep hij opgetogen. 'Je hebt goed gekeken.'
Brabantse Truus glimlachte.
'Ik lette vroeger altijd scherp op de hoerenkerels die bij mijn meiden naar binnen gingen... dan schatte ik wat het hun waard was.'
De Cock knikte begrijpend.
'Hoe lang zat dat wijfie daar al?'
'Anderhalf, twee jaar. Ze is er al kort na de verbouwing van De Veilige Haven gekomen.'
De Cock plukte aan het puntje van zijn neus.
'Weet je wie er achter die verbouwing zat?'
Brabantse Truus schudde haar hoofd.
'Geen flauw idee, jongen. Er is de laatste jaren zoveel vreemd volk in de business geslopen. Het is niet meer zoals in mijn tijd. Toen waren wij in feite een grote familie.'
De Cock boog zich iets naar haar toe.
'Is jou de laatste weken nog iets bijzonders opgevallen?'
'Hoe bedoel je?'
'In verband met dat vrouwtje?'
Brabantse Truus liet haar hoofd met papillotjes iets zakken. Daarna knikte ze traag voor zich uit.
'Er was een kort, gedrongen mannetje... een mannetje met een snor.' Ze wees naar het raam. 'Hij stond wel eens achter die boom daar.'
'Had die belangstelling voor haar?'
Brabantse Truus schudde haar hoofd.
'Het was geen hoerenloper.'

Vledder kwam hijgend de recherchekamer binnen.
'Ik ben zo gauw mogelijk van de sectie teruggekomen. Is ze er?'
De Cock knikte.
'Ze zit beneden in de wachtkamer bij de dienders. Volgens de wachtcommandant houdt ze zich opmerkelijk rustig.'
'Hoe bedoel je?'
'Jan Kusters had van haar vragen verwacht als Wat doe ik hier? of Hoelang moet ik hier nog blijven? Maar geen enkel commentaar.'
Vledder duimde over zijn schouder.

'Ze was bij de confrontatie op Westgaarde ook erg rustig. Geen huilbuien, geen emoties. Ze liep heel kalm op het lijk van Charmaine toe, legde haar rechterhand op haar voorhoofd en zei: "Vaarwel".'
'Meer niet?'
'Nee.'
'En de andere getuige?'
'Dat was een buurmeisje van Lorette de Jong... woont in Purmerend in hetzelfde flatgebouw. Die was meer onder de indruk van de dood van Charmaine.'
'Hoe kende ze haar?'
'Lorette en Charmaine kwamen wel eens bij haar op visite.'
De Cock knikte begrijpend.
'Had dokter Rusteloos nog bijzonderheden?'
Vledder schudde zijn hoofd.
'Gebroken kraakbeenringetjes in de luchtpijp,' antwoordde hij achteloos.
'De spanwijdte?'
'Zeventien centimeter.'
'Geen abnormaal grote hand.'
Vledder schudde zijn hoofd.
'Dokter Rusteloos raadde ons aan om contact op te nemen met de recherche in Groningen.'
'In verband met die moorden op prostituees?'
Vledder knikte.
'Dokter Rusteloos had in Groningen kort achter elkaar sectie verricht op jonge vrouwen die door verwurging om het leven waren gekomen.'
De Cock stond van zijn stoel op.
'Ik ga haar halen.'
Vledder keek hem onderzoekend aan.
'Heeft jouw missie nog iets opgeleverd?'
De Cock knikte.
'Er was een man met een snor.'

De Cock toonde zijn beminnelijkste glimlach.
'Het spijt ons dat wij u zo lang hebben moeten laten wachten.' Hij gebaarde naar Vledder. 'Mijn jonge collega wilde uw verhoor graag bijwonen. We moesten wachten tot de sectie voorbij was.'

Lorette de Jong keek hem onbewogen aan. Ze had kringen onder haar ogen en haar gezicht zag bleek.
'Ik vond het niet erg,' sprak ze berustend. 'Nu Charmaine dood is, heeft tijd voor mij geen betekenis meer.'
De Cock trok zijn gezicht in een ernstige plooi.
'Tijd heelt alle wonden.'
De vrouw hield haar beide handen voor haar borst.
'Deze wond niet.'
De Cock negeerde de opmerking. De oude rechercheur zocht naar een wending in het gesprek.
'De angst van Charmaine,' sprak hij zacht, 'is gegrond gebleken.'
Lorette knikte.
'En mijn voorgevoelens hebben mij niet bedrogen,' reageerde ze somber. 'Ik had gelijk, dat het leven van Charmaine in gevaar was.'
De Cock zweeg. Om tijdwinst te boeken wreef hij met zijn vlakke hand over zijn breed gezicht.
'Vanmorgen,' opende hij traag, 'meldde zich bij ons een jonge vrouw... Grietje van der Zee. Ook zij was niet verbaasd over de dood van Charmaine.'
De mondhoeken van Lorette de Jong krulden omhoog.
'Ik heb zo'n idee, dat zij mij verantwoordelijk acht voor haar dood.'
De Cock knikte.
'Ze was ervan overtuigd dat u Charmaine had omgebracht.'
'Omgebracht... ik?'
De Cock keek haar strak aan.
'U zou in het verleden al tweemaal eerder een poging hebben ondernomen om haar te wurgen.'
Lorette schudde haar hoofd.
'Ik weet niet waar die Grietje van der Zee die nonsens vandaan haalt. Ik denk dat ze de woorden van Charmaine op haar eigen manier uitlegt.'
'U hebt nooit uw handen om de keel van Charmaine geslagen?'
Lorette zuchtte diep.
'Toen Charmaine ondanks mijn tegenwerpingen toch in de prostitutie wilde, heb ik haar aangeraden om eerst zelfverdedigingslessen te nemen, zodat ze weerbaar was wanneer ze door een man zou worden aangevallen. Die lessen speelden wij thuis wel na.'

De Cock trok een grijns.
'U vertelde ons dat u nog nooit op de Wallen was geweest, maar u kwam daar wel degelijk.'
Lorette liet haar hoofd zakken.
'In mijn gedachtenwereld bestond die hoerenbuurt niet.'
De Cock grinnikte.
'Dat is zot,' reageerde hij fel. 'Die hoerenbuurt is er en Charmaine was daar prostituee.'
De oude rechercheur strekte zijn wijsvinger beschuldigend naar haar uit. 'U hebt ons verteld dat Charmaine al in de prostitutie zat toen u haar leerde kennen. En ook dat was een leugen.'
Lorette toonde voor het eerst enige emotie.
'Ik heb dat niet gewild,' riep ze luid. 'Ik heb het verlangen van Charmaine ook nooit begrepen. Ik verdiende genoeg voor ons beiden.'
'Waar ging het geld heen dat Charmaine in de prostitutie verdiende.'
'Dat wist ik niet.'
De Cock kneep zijn ogen halfdicht.
'U weet het nu wel?'
Lorette maakte een verontschuldigend gebaar.
'Zolang ze leefde heb ik nooit in de papieren van Charmaine gesnuffeld. Ik vond dat ongepast. Ik wilde niets weten van haar duister verleden.'
De Cock trok zijn wenkbrauwen op.
'Haar duister verleden?'
Lorette zuchtte.
'Charmaine had schulden. Maar de oorsprong van die schulden kende ik niet en Charmaine weigerde het mij te vertellen.'
'U kent die oorsprong nu wel?'
Lorette knikte.
'Ik heb papieren gevonden. Schuldbekentenissen. Charmaine heeft bij een bank gewerkt... de IJsselsteinse Bank, net als Grietje van der Zee. Daar heeft Charmaine gefraudeerd. In de loop van jaren heeft ze de bank voor tienduizenden benadeeld.'
'Die betaalde ze terug?'
Lorette slikte.
'Als hoer.'

5

Vledder keek hem verrast aan.
'Onderneem je niets tegen haar?' vroeg hij verwonderd. 'Je liet haar gewoon gaan.'
De Cock knikte.
'Zie jij een gegronde reden om haar vast te houden?' vroeg hij kalm. 'Je vindt geen officier van justitie die daar aan wil. Begrijpelijk. Ik vond haar verklaring heel acceptabel.'
Vledder spreidde zijn handen.
'Lorette de Jong heeft geen alibi voor het tijdstip van de moord. Ze kan niet bewijzen dat Charmaine haar die bewuste avond heeft gebeld en dat zij vanuit Purmerend rechtstreeks naar ons is gekomen. We moeten haar op haar woord geloven.'
De Cock trok zijn schouders op.
'Dat doen we dan maar,' sprak hij berustend. 'Ik vind geen feitelijk motief.'
Vledder glimlachte fijntjes.
'Het verhaal van Grietje van der Zee, dat Lorette de Jong uit pure machtswellust Charmaine zou hebben vermoord, beschouw jij nu dus ook als gewauwel?'
De Cock maakte een hulpeloos gebaar.
'Ik ben een dergelijk motief in de praktijk nog nooit tegengekomen,' antwoordde hij wat geprikkeld. 'Maar dat betekent niet dat de wil... de lust om over het leven en de dood van een ander te beschikken geen motief voor moord zou kunnen zijn.'
'Hoe?'
'De geschiedenis kent genoeg heersers die willekeurig over het leven en de dood van hun onderdanen beschikten. De dansende Salome uit de bijbel eiste op aandrang van haar moeder het hoofd van Johannes de Doper. Ze kreeg het... op een schotel.'
'Was dat moord?'
De Cock knikte nadrukkelijk.
'Al danste Salome nog zo mooi... het was moord. Hoe wil je dat anders noemen? En ik denk dat... waar ook ter wereld... nog dagelijks van dergelijke moorden worden gepleegd. Zoals vroeger de gifbeker voor Socrates... een staatsmoord met een vals proces.'
'Schobbejakken.'

De Cock wuifde het onderwerp weg en keerde terug tot de actualiteit.
'Volgens Brabantse Truus was er inderdaad een man met een snor, en dat is de voornaamste reden dat ik Lorette de Jong heb laten gaan. Bovendien heeft ze kleine handen.'
Vledder glimlachte.
'Je bedoelt te klein om een spanwijdte van zeventien centimeter te halen.'
De Cock knikte.
'Ik heb niet eens de moeite genomen om de spanwijdte van haar handen te meten.'
'Wat denk je van de fraude-affaire, waarmee Lorette de Jong nu te voorschijn komt?'
'Lorette de Jong zou ons de bescheiden bezorgen die daarop betrekking hebben. Aan de hand van die bescheiden kunnen we de IJsselsteinse Bank benaderen en om opheldering vragen.'
'Geloof jij dat Charmaine onder druk van die fraude-affaire in de prostitutie ging?'
De Cock knikte traag.
'Banken doen niet graag aangifte van een fraude door eigen personeel. Ze schuwen de publiciteit die daar mogelijk uit voortvloeit. Interne fraude tast het vertrouwen van de clientèle aan. Onder de bedreiging dat anders aangifte volgt, wordt vaak een afbetalingsregeling met de fraudeur getroffen.'
'Een wurgcontract.'
De Cock lachte.
'Jij drukt je altijd zo... eh, zo barbaars uit,' riep hij afkeurend. 'Wie fraude pleegt loopt nu eenmaal het risico dat hem of haar... vroeg of laat... de rekening wordt gepresenteerd. Daar is naar mijn gevoel niets verkeerds aan.'
Vledder grijnsde.
'Het blijft een wurgcontract,' reageerde hij koppig.
'Waar ik wel benieuwd naar ben is de mogelijke betrokkenheid van Grietje van der Zee. Zij moet van die fraude hebben geweten. Ze zaten samen op dezelfde bank en deelden de liefde.'
Vledder keek hem geschrokken aan.
'Ligt daar een motief voor moord?'
'Mogelijk. Als er sprake is van betrokkenheid, dan kende Charmaine die.'

'We gaan het Grietje van der Zee vragen.'
De Cock knikte.
'Maar niet vandaag.'
De oude rechercheur stond van zijn stoel op en slenterde naar de kapstok.
Vledder kwam hem na.
'Waar ga je heen?'
De Cock draaide zich half om.
'Naar Smalle Lowietje. Mijn droge keel dorst naar een cognackie.'

Lowietje, wegens zijn geringe borstomvang in het wereldje van de penoze steevast Smalle Lowietje genoemd, zwaaide al meer dan een kwart eeuw met milde hand de scepter in het schemerig intieme lokaaltje op de hoek van de Achterburgwal en de Barndesteeg, dat hij vol trots als 'mijn etablissement' betitelde.
Toen de rechercheurs zijn café binnenstapten, begroette hij hen uitbundig. Hij streek met zijn handjes langs zijn morsig vest en schudde De Cock daarna hartelijk de hand.
Op zijn miezerig muizensmoeltje lag een gulle glans van verrukking. Smalle Lowietje was bijzonder op de grijze speurder gesteld. En dat was wederkerig. Hoewel de tengere caféhouder in zijn bruisend leven vrijwel alles had gedaan wat volgens het Wetboek van Strafrecht was verboden... hield De Cock van Smalle Lowietje.
De oude rechercheur slenterde naar het eind van de bar en hees zich op een kruk.
Vledder nam naast hem plaats.
De Smalle wuifde joviaal.
'Nog steeds in dienst?'
De Cock keek de caféhouder niet-begrijpend aan.
'Hoezo... nog steeds in dienst?' De oude rechercheur gniffelde. 'Dacht je dat ze mij inmiddels wegens het bedrijven van ongeoorloofde opsporingspraktijken hadden ontslagen?'
Smalle Lowietje keek hem beteuterd aan.
'Een gouden handdruk?' opperde hij onzeker.
De Cock lachte vrijuit.
'Gouden handdrukken zijn er alleen voor falende, incompetente en vooral hooggeplaatste bewindslieden... niet voor simpele rechercheurs met een uitstekende staat van dienst.'
Smalle Lowietje grinnikte.

'Misschien kun je om in aanmerking te komen af en toe eens een paar steken laten vallen?' De tengere caféhouder monsterde het gezicht van De Cock. Toen hij geen reactie zag, vroeg hij: 'Hetzelfde recept?'
Zonder op antwoord te wachten dook hij aalglad onder de tapkast en kwam omhoog met een fles verrukkelijke Franse Cognac Napoleon, die hij speciaal voor De Cock gereserveerd hield. Hij zette drie – Lowietje dronk altijd een glaasje mee – diepbolle glazen op de bar en schonk klokkend in.
'Druk aan de kit?'
De Cock trok achteloos zijn schouders op.
'Wij zijn een continubedrijf... vierentwintig uur per dag. Als bij ons een zesendertigurige werkweek wordt ingevoerd, gaat de politie failliet en stap ik in de VUT.'
Smalle Lowietje trok een grijns.
'Als ik jullie werk bij vroeger vergelijk... zo'n vijfentwintig jaar geleden... is het bij de politie allang een failliete boel.'
De Cock knikte traag.
'Dat is het verschil,' sprak hij somber. 'De misdaad gaat nooit failliet... kent geen malaise... floreert als nooit tevoren. En wat wordt er van ons rechercheurs verwacht? Met steeds minder mensen en middelen steeds meer misdaad bestrijden.'
Voorzichtig nam de oude rechercheur zijn glas op, warmde het in de kom van zijn hand en nam een slokje. Met gesloten ogen liet hij de cognac door zijn keel glijden.
Begeleid door een zoete zucht zette hij zijn glas voor zich op de bar neer.
'Lowietje,' sprak hij op zalvende toon, 'dit zijn van die schaarse momenten in mijn leven, die mij met de politie en de misdaad verzoenen.'
De tengere caféhouder glunderde.
'Jouw woorden, De Cock, geven mij een warm gevoel vanbinnen.'
De grijze speurder boog zich iets naar hem toe.
'Dat hoertje, dat ze van de week hier op de gracht hebben gekeeld... kende je die?'
'Kippie.'
De Cock keek hem verrast aan.
'Kippie?'
Smalle Lowietje knikte.

'Ik weet niet hoe ze heette, maar zo noemde ik haar. Ze kwam wel eens in mijn etablissement om te bellen. Dan nam ze hier aan de bar een citroentje met suiker, betaalde voor de telefoon en ging weer. Ze had nooit contact met de andere meiden uit de buurt.'
'Herinner jij je of ze op de avond dat zij werd vermoord nog bij jou heeft gebeld?'
'Het kan best,' antwoordde Smalle Lowietje onzeker. 'Maar ik durf er geen eed op te doen. Ze kwam vaak zo rond de klok van tien uur even binnenwippen. En om die tijd heb ik het meestal razend druk.'
De Cock nam nog een slok van zijn cognac.
'Kippie? Noemde iedereen haar zo?'
Smalle Lowietje schudde zijn hoofd.
'Toen ik haar voor het eerst zag, moest ik aan een limerick denken.'
'Een limerick?'
De ogen van Smalle Lowietje glinsterden.
'*Er was eens een hippie uit Filippie,*' declameerde hij vrolijk.
'dat was nog meer kuiken dan kippie,
maar wanneer zij maar dacht
aan het manlijk geslacht,
stond ze al met één been naast haar slippie.'
De Cock lachte.
'Een ondeugend vers.'
Smalle Lowietje gniffelde.
'Daarom heb ik het vermoedelijk ook onthouden.'
De caféhouder trok een ernstig gezicht.
'Kippie... het kwam zomaar ineens bij mij op. Het leek mij een geschikte naam voor dat vrouwtje. Ze had zo'n wit doorschijnend koppie... als van die porseleinen poppetjes, waarmee mijn oudste, zuster vroeger speelde.'
De Smalle schudde zijn hoofd.
'Ze hoorde niet thuis op de Wallen... niet onbeschaamd genoeg.'
De Cock knikte begrijpend.
'Heb je enig idee wie dat vrouwtje kan hebben omgebracht... waarom?'
Smalle Lowietje lichtte zijn schouders.
'De meiden uit de buurt zeiden dat ze wel eens een man met een

snor van achter een boom aan de wallekant naar haar hadden zien kijken.'
'Een signalement... bijzonderheden?'
Smalle Lowietje schudde zijn hoofd.
'Je ziet tegenwoordig zoveel mannen met snorren over de Wallen schuiven. Als je mij vraagt... ze lijken allemaal op elkaar.'
De Cock wees naar zijn lege glas.
'Schenk nog eens in. Ik heb dat geestrijk vocht te lang gemist.'
Smalle Lowietje reageerde met de welwillendheid van een kastelein. 'Ik heb pas weer een voorraadje voor je ingeslagen,' sprak hij opgewekt. 'Geloof me, d'r is niet zo veel van.'
De Cock duimde over zijn schouder.
'Mis je klandizie sinds ze De Veilige Haven hebben verbouwd?'
Smalle Lowietje tuitte zijn lippen.
'Nauwelijks... nauwelijks. Vroeger was het een logement, toen een hotelletje en nu een hoerenkast. Het is mij om het even.'
De Cock fronste zijn wenkbrauwen.
'Wie heeft De Veilige Haven opgekocht en laten verbouwen?'
'Gijssie.'
De Cock trok zijn neus iets op.
'Witte Gijssie?'
Smalle Lowietje knikte instemmend.
'Witte Gijssie.'
De Cock grinnikte.
'Dat was vroeger toch een nietig klein oplichtertje? Altijd blut... altijd in de schuld. Waar heeft Witte Gijssie dat geld vandaan gehaald?'
Smalle Lowietje grijnsde.
'Ik denk... of ik weet het feitelijk wel zeker, dat Witte Gijssie alleen maar een stromannetje is voor een paar luitjes van de maffia. Die kopen steeds meer pandjes in de buurt op. Ze hebben zelfs al een bod gedaan op mijn etablissement.'
'Nee?'
'Ja.'
De Cock keek de tengere caféhouder geschrokken aan.
'Laat je je verjagen?'
Smalle Lowietje schudde zijn hoofd.
'Nooit.'
De Cock glimlachte opgelucht.

'Waar kan ik Witte Gijssie vinden?'
Smalle Lowietje zwaaide naar het raam.
'In hetzelfde pandje... bovenste verdieping.' Het gezicht van Smalle Lowietje versomberde. 'Wees voorzichtig met hem. Sinds hij de maffia achter zich weet, voelt hij zich machtig.'

Witte Gijssie keek van De Cock naar Vledder en terug. In zijn blik lag verwondering, vermengd met achterdocht.
'Wat... eh, wat komt u doen?'
De Cock schonk hem een beminnelijke glimlach.
'Jou feliciteren met je nieuwe pandje.'
Witte Gijssie snoof.
'Loopt u wel achter,' sprak hij smalend. 'Ik zit hier al bijna twee jaar.'
De Cock maakte een verontschuldigend gebaar.
'Wij hebben niet altijd de tijd voor een gelegenheidsbezoekje.'
Witte Gijssie grinnikte. Hij streek met gespreide vingers door zijn hoogblond krullend haar.
'Dit is dus een gelegenheidsbezoekje?'
De Cock knikte.
'En omdat ik toch hier ben, wil ik ook even met je praten over dat hoertje dat een paar dagen geleden hier beneden in het pand is omgebracht.'
Witte Gijssie trok zijn gezicht strak.
'Een of andere stomme idioot heeft haar keel dichtgeknepen.' Hij schudde zijn hoofd. 'Er lopen gekken genoeg rond.'
De Cock boog zich iets naar hem toe.
'Hoe lang zat ze hier?'
'Vanaf de verbouwing. Toen de meiden in de buurt hoorden dat ik hier een hoerenkast begon, kwamen ze er als de kippen op af.'
'Ook Charmaine?'
Witte Gijssie knikte.
'Ze had een vreemde naam... Dupui... eh, dinges.'
'Dupuitrain,' vulde De Cock aan.
Witte Gijssie grinnikte.
'Dat was het... Dupuitrain. Ik vond haar wel een aardig typetje... niet zo direct hoerig... een beetje klasse.' Hij zuchtte diep.
'Achteraf geloof ik dat het niet zo'n beste keus was. Er kwam weinig op af.'

'Wel eens problemen met haar gehad?'
Witte Gijssie schudde zijn hoofd.
'Er kwamen wel eens vriendinnen van haar op bezoek en die bleven dan te lang plakken. Daar heb ik wel eens wat van gezegd.'
De Cock veinsde verwondering.
'Waarom? Ik neem aan dat ze op een vaste huur zat.'
'Dat zat ze ook.'
'En?'
Witte Gijssie glimlachte.
'Je wilt toch dat je kast een goede naam krijgt. Geen pottentent.'
De Cock knikte begrijpend.
'Heb je al een andere voor haar raam? Ik bedoel, een vervangster voor Charmaine?'
Witte Gijssie grijnsde.
'Nog geen uur nadat de ambulance met het lijk van Charmaine was weggereden, stond er al een vent bij mij op de stoep om het kamertje voor een vriendin van hem te huren.'
'Dat is gauw.'
'Mag je wel zeggen.'
De Cock gebaarde naar de vloer.
'Ik heb beneden nog niemand zien zitten.'
Er kwam een smartelijke trek op het gezicht van Witte Gijssie. 'Ik wil het raam nog een paar dagen dicht houden... met een wit laken... uit piëteit, begrijpt u. Ik wil geen gekletsen gezeur of opstootjes van de meiden uit de buurt.'
De Cock zuchtte.
'Maar je bent het kamertje al wel kwijt?'
Witte Gijssie knikte.
'Die vent had een naaktfoto van zijn vriendin bij zich. Een stoot van een meid. En hij betaalde direct de volle huur voor een maand.'
'Toemaar.'
Witte Gijssie spreidde zijn handen.
'Business is business,' sprak hij verontschuldigend. 'Ik kon het moeilijk weigeren.'
'Hoe betaalde hij... met een cheque?'
Witte Gijssie schudde zijn hoofd.
'Contant... in flappen.'
'Heb je zijn naam?'

Witte Gijssie stond van zijn stoel op en liep naar een eikenhouten secretaire aan de muur. Met een notitie in zijn hand kwam hij terug.
'Bertus van het Hooft,' las hij hardop.
'Hollander?'
Witte Gijssie knikte traag.
'Dat dacht ik wel. Hij sprak Hollands met een beetje Haags accent.'
'Meer heb je niet?'
'Wat bedoelt u?'
De Cock wees naar de notitie in zijn hand.
'Meer gegevens van de man... plaats en de datum van zijn geboorte... zijn huidig adres?'
Witte Gijssie gebaarde achteloos.
'Dat interesseert mij niet,' sprak hij knorrig. 'Als hij of zij de huur niet meer betaalt... op tijd... vliegt dat wijf eruit. Onmiddellijk. Daar heb ik geen moeite mee.'
De Cock ademde diep.
'Hoe zag die vent eruit... kun je mij een redelijke beschrijving van hem geven?'
Witte Gijssie trok zijn schouders in zijn nek.
'Een jaar of veertig, schat ik hem. Kort, gedrongen, en met een grote zwarte snor.'
De Cock onderdrukte met moeite zijn emotie.
'Met een... eh, een grote zwarte snor?' herhaalde hij wat beverig.
Witte Gijssie knikte nadrukkelijk.
'Een zuidelijk type. Zwart.' Hij keek even peinzend omhoog. 'Op de rug van zijn rechterhand, bij zijn duim, had hij een tatoeage... een klein rood zonnetje.'

6

Ze liepen vanaf de Achterburgwal langzaam terug naar de kit. De Cock schoof zijn hoedje ver naar achteren en knoopte zijn regenjas los. De avondlucht was zwoel. De hitte van de dag kleefde nog aan de oude geveltjes en het grachtwater stonk.
De sexbusiness was in vol bedrijf. Te midden van de lange stoet hunkerende mannen ontwaarde De Cock een klein gezelschap giechelende dames. Het verwonderde hem niet. Vrouwen in groepjes toonden 's avonds vaak belangstelling voor het gedoe op de Wallen.
Vledder keek hem van terzijde aan.
'Wat zeg je ervan?'
'Waarvan?'
Vledder duimde over zijn schouder.
'Dat verhaal van Witte Gijssie?'
De Cock ademde diep.
'Van één ding kunnen we zeker zijn... er bestaat een man met een snor en een tatoeage van een zonnetje op de rug van zijn rechterhand.'
'Bertus van het Hooft. Een zuidelijk type, met zo'n naam!'
De Cock trok een bedenkelijk gezicht.
'We zullen,' sprak hij traag, 'de man onder die naam in onze administratie moeten natrekken, maar ik heb er weinig vertrouwen in.'
'Jij denkt ook dat die naam vals is?'
De Cock knikte.
'Het feit dat de man de huur van het kamertje niet met een cheque, maar in contanten betaalde... en dat nog wel een maand vooruit... duidt er volgens mij op dat hij zijn ware identiteit niet graag prijsgeeft.'
Vledder grinnikte.
'Of Witte Gijssie belazert ons.'
'Je bedoelt dat hij de identiteit van de man met de snor wel kent?'
'Precies.'
De Cock schudde zijn hoofd.
'Ik geloof hem,' reageerde hij kalm. 'Witte Gijssie had ons dat verhaal over de man met de snor niet behoeven te vertellen. Hij kwam er spontaan mee.'

'Waarom?'
De Cock gebaarde voor zich uit.
'Omdat de snelle reactie van de man met de snor ook Witte Gijssie heeft verbaasd. De moord op Charmaine was nog vers... nauwelijks tot de buurt doorgedrongen... toen hij al op de stoep stond om het peeskamertje voor een vriendin te huren. Dat is zelfs voor de normen van de buurt onbehoorlijk.'
Vledder kneep zijn wenkbrauwen samen.
'Als Bertus van het Hooft een valse naam is,' vroeg hij peinzend, 'hoe komen wij dan achter de identiteit van de man met de snor?'
'Niet zo moeilijk,' sprak De Cock achteloos. 'Als over een paar dagen de knappe vriendin van hem achter het raam zit, zal zij ons toch moeten vertellen wie haar besnorde vriend is.'
Vledder knikte instemmend.
'Je hebt gelijk. Tussen wat Witte Gijssie een "stoot van een meid" noemt en de man met de snor moet een relatie bestaan. Ze zal voor hem toch de vooruitbetaalde huur moeten terugverdienen.'
De Cock grijnsde.
'Business is business.'
Ze liepen een tijdje zwijgend verder. De Cock nam zijn vilten hoedje in zijn hand en wiste met zijn zakdoek kleine zweetpareltjes van zijn voorhoofd. Het was warm op de gracht. Vies, benauwd, drukkend. De oude rechercheur keek om zich heen en bromde.
'Met al die verhitte mannen om mij heen, verlang ik naar een regenbuitje.'
Vledder lachte niet. Zijn jong gezicht stond ernstig.
'Denk jij dat de man met de snor Charmaine heeft vermoord om voor zijn vriendin een peeskamertje te bemachtigen?'
De Cock trok zijn schouders op.
'Hoe meer ik over het gedrag van de man met de snor nadenk, hoe minder ik er van begrijp.'
'Hoe bedoel je dat?'
De Cock gebaarde voor zich uit.
'Meer dan een week achtereen loert hij van achter een boom naar Charmaine. Op een dag loopt hij van achter die boom naar haar toe, vraagt wat het kost, betaalt de prijs en verdwijnt zonder van haar diensten gebruik te maken. Maar intussen geeft hij Charmaine wel de gelegenheid om goed naar hem te kijken en haar te laten zien dat hij zo'n schattig zonnetje op de rug van zijn hand heeft laten tatoeëren.'

Vledder grinnikte.
'Nog gekker is het, dat hij vrijwel onmiddellijk na de moord op Charmaine bij Witte Gijssie voor zijn vriendin het peeskamertje komt huren.'
De Cock knikte.
'En dan ook Witte Gijssie de mogelijkheid biedt om datzelfde fraaie zonnetje op zijn hand te bewonderen.'
De oude rechercheur schudde vertwijfeld zijn hoofd.
'We weten nog te weinig,' sprak hij somber. 'Een moord op een hoertje krijgt meestal een vervolg... en daar ben ik bang voor.'
'Je bedoelt dat een tweede hoertje sneuvelt?'
'Dat is eerder gebeurd. Denk maar aan Groningen.'
Vledder knikte.
'Ik zal toch nog eens bellen met de politie daar.'
Achter de Oude Kerk om liepen ze via de Enge Kerksteeg naar de Warmoesstraat. Toen ze de hal van het politiebureau binnenstapten, wenkte Jan Kusters De Cock met een kromme vinger.
De oude rechercheur liep met een zorgelijke trek op zijn gezicht naar hem toe.
'Toch niet weer een lijk?'
Jan Kusters schudde zijn hoofd.
'Er zit boven een vrouwtje op je te wachten.' Hij pakte een notitie van zijn bureau. 'Ik heb haar hier wel eens meer gezien... Lorette de Jong.'

Ze nam op verzoek van De Cock op de stoel naast zijn bureau plaats. Klein, ineengedoken. Een plastic tas op haar schoot.
De oude rechercheur keek haar scherp onderzoekend aan. Haar mooie diepblauwe ogen hadden geen glans meer en haar mondhoeken stonden niet meer vrolijk omhoog.
'U ziet er slecht uit,' sprak hij bezorgd.
Lorette de Jong knikte.
'Ik doe 's nachts geen oog dicht. Ik zie steeds het dode gezicht van Charmaine voor mij. Ik kan nog steeds niet begrijpen wat er is gebeurd.'
Haar hoofd zakte voorover.
'Ik denk dat ik er nooit overheen kom. Ik hield van haar... echt, ik hield van haar.'
De Cock grijnsde.

'Een hardvochtige liefde.'
Lorette bracht haar hoofd met een ruk omhoog.
'Wat weet u daarvan?'
De Cock streek met zijn pink over de rug van zijn neus.
'Als Charmaine,' sprak hij traag, 'op een dag minder dan driehonderd gulden had verdiend, mocht ze niet naar Purmerend komen.'
Lorette stampte met haar rechtervoet op de vloer.
'Dat is een leugen,' riep ze fel. 'Die limiet van driehonderd gulden had Charmaine zichzelf opgelegd.'
'Waarom?'
Lorette zuchtte.
'Ik denk dat ze zo snel mogelijk van haar schuld af wilde. Als ze 's avonds om elf uur nog geen driehonderd gulden had verdiend, dan sloot ze even haar kamertje, nam in een snackbar een broodje en ging daarna weer achter het raam tot ze haar driehonderd gulden had.'
De Cock schudde zijn hoofd.
'Dan was de laatste trein naar Purmerend al vertrokken.'
Lorette keek hem dankbaar aan.
'Precies. Ze bleef dan de rest van de nacht in haar kamertje slapen en kwam 's morgens met de eerste trein naar huis.'
Ze liet haar hoofd weer zakken.
'Charmaine was voor mij vaak een boek, waarvan ik alleen de titel mocht lezen. Ze was met geheimen omgeven. Ik heb het idee dat ik nooit haar vertrouwen heb gewonnen. Toch mis ik haar. 's Avonds wacht ik op haar telefoontje... een telefoontje dat niet komt.'
De Cock zuchtte.
'Met de doden kan men niet leven.'
Lorette bleef met gebogen hoofd zitten en De Cock drong niet verder aan. Na enkele minuten keek ze naar hem op. 'Weet u al iets meer?'
De Cock schudde zijn hoofd.
'We kunnen de man met de snor, voor wie Charmaine zo bang was, vermoedelijk wel traceren. We hebben een redelijke kans. Maar of hij haar heeft vermoord... dat staat nog lang niet vast.'
Lorette reageerde vertwijfeld.
'Wat wilde hij dan van haar?'
De Cock maakte een hulpeloos gebaar.

'Geen flauw vermoeden. Het wurgen van een prostituee is vaak het gevolg van onbedwongen lustgevoelens. Maar ik heb niet het idee dat dit motief geldt voor de man met de snor.'
'Welk motief gold dan wel?'
De Cock glimlachte.
'We zullen het hem vragen,' sprak hij beminnelijk. 'En als ik het antwoord ken, bent u de eerste die het van mij hoort.' De oude rechercheur wees naar de plastic zak op haar schoot. 'Hebt u de bescheiden van de fraude bij de IJsselsteinse Bank meegebracht?'
Lorette pakte de zak en hield die omhoog.
'Ik heb ook bankafschriften gevonden.'
'Van wie?'
'Van Charmaine.'
'En?'
'In tijd van twee jaar heeft ze meer dan een half miljoen overgemaakt.'
'Aan wie?'
Lorette overhandigde hem de plastic zak.
'Grietje van der Zee.'

Toen De Cock de volgende morgen opgewekt de grote recherchekamer binnenstapte, trof hij Vledder achter zijn elektronische schrijfmachine. De rappe vingers van de jonge rechercheur dansten over de toetsen.
De Cock liep van achteren op hem toe en boog zich plagend over hem heen. 'Wat wordt dit... het boekenweekgeschenk voor het volgend jaar?' vroeg hij spottend.
Vledder liet zijn vingers rusten.
'Het proza van een rechercheur,' bromde hij, 'wordt nooit gewaardeerd.'
De Cock grinnikte.
'Zeker niet door de verdachte.'
Vledder keek naar hem op.
'Je bent laat.'
Het klonk bestraffend.
De Cock knikte.
'Dat leer ik niet meer af,' sprak hij berustend. 'Volgens mijn oude moeder was ik bij mijn geboorte al niet op tijd. Dat wreekt zich op latere leeftijd.'

Vledder schudde misprijzend zijn hoofd. De jonge rechercheur kwam van zijn stoel overeind en keek zijn oude leermeester schattend aan.

'Je mag je ook wel eens een nieuwe regenjas aanschaffen,' raadde hij aan. 'In dit vieze oude vod kunnen de mensen je uittekenen. En je hoedje is ook nodig aan vervanging toe.'

De Cock streek met zijn handen langs zijn regenjas.

'Er zit nog geen gat in,' sprak hij verongelijkt. 'En aan mijn hoedje ben ik gehecht.' Hij keek zijn jonge collega uitdagend aan. 'Nog meer kritiek?'

Vledder schudde zijn hoofd.

'Lijkt mij genoeg voor vandaag.'

De Cock hing zijn regenjas over de rugleuning van zijn stoel en ging achter zijn bureau zitten. Zijn hoedje hield hij op.

'Heb je de bescheiden van de IJsselsteinse Bank nog nageplozen... de bankafschriften?'

Vledder knikte.

'Charmaine Dupuitrain heeft ruim twee jaar geleden een schuldbekentenis ondertekend van tweehonderdvijftigduizend gulden. Daarvan heeft ze inmiddels bijna twee ton aan de bank terugbetaald.'

'Verdiend in de prostitutie.'

Vledder knikte opnieuw.

'Knap, in twee jaar. Ik heb het uitgerekend. Het is bijna tweeduizend gulden per week.'

De Cock floot tussen zijn tanden.

'En volgens Brabantse Truus was ze niet eens een goede prostituee.'

De oude rechercheur trok een denkrimpel in zijn voorhoofd. 'Volgens berekeningen van de IJsselsteinse Bank bedroeg het totaalbedrag aan gefraudeerd geld dus tweehonderdvijftigduizend gulden?'

Vledder maakte een schouderbeweging.

'Dat neem ik aan,' antwoordde hij voorzichtig. 'Dat was het bedrag van de schuldbekentenis.'

'En dat half miljoen dat Charmaine aan Grietje van der Zee overmaakte?'

Vledder trok een lade van zijn bureau open en bekeek de bescheiden.

'De stortingen zijn ongeveer vier jaar geleden begonnen en eindigden twee jaar geleden.'
De Cock knikte begrijpend.
'Op het moment dat de IJsselsteinse Bank de fraude van Charmaine ontdekte, was zij niet meer in staat om geld naar Grietje van der Zee over te maken. De bron was opgedroogd.'
De oude rechercheur plukte aan het puntje van zijn neus.
'Tweehonderdvijftigduizend gulden van de fraude... waar komen die andere tweehonderdvijftigduizend gulden van dat half miljoen dan vandaan?'
Vledder zuchtte.
'Vermoedelijk ook van fraude.'
De Cock keek naar hem op.
'Heb je met de IJsselsteinse Bank gebeld?'
Vledder knikte.
'Ik ben wel vijfmaal doorverbonden voordat ik de directeur te pakken had.'
'En?'
'Hij was erg terughoudend... vroeg waarom ik interesse in de fraudezaak had. Toen ik hem vertelde dat wij Charmaine Dupuitrain dood in haar peeskamertje op de Wallen hadden gevonden, zei hij koeltjes: "Dan is hiermede voor ons de zaak afgedaan".'
'Meer niet?'
Vledder schudde zijn hoofd.
'Ik heb nog geprobeerd om een afspraak met hem te maken voor een onderhoud over die fraudezaak, maar dat achtte hij niet nodig.'
De Cock stond van zijn stoel op, pakte zijn regenjas en trok die aan.
Vledder keek verwonderd naar hem op.
'Waar ga je heen?'
De Cock slofte naar de deur.
'Nog eens babbelen met Grietje van der Zee.'
Hij draaide zich half om.
'Jij hebt toch haar adres?'

Vledder loodste de Golf koel en behendig door het waanzinnig drukke Amsterdamse stadsverkeer. Vanaf het Damrak reed hij rechts de Prins Hendrikkade op, passeerde de Sint-Nicolaaskerk en vervolgde in de richting van het fraaie Scheepvaarthuis. Vandaar stuurde hij naar de Valkenburgerstraat.

De Cock bewonderde zijn stuurmanskunst.
'Je hebt er zin in.'
Vledder grijnsde.
'Ik ga er gewoon van uit dat iedere andere weggebruiker in de stad gek is.'
'Een betwistbaar standpunt.'
'Het werkt.'
De Cock keek hem van terzijde aan.
'De Berkenstraat negenenzestig in Duivendrecht... weet je het te vinden?'
'Blindelings.'
De Cock grinnikte.
'Ik zou er mijn ogen maar bij openhouden.'

De Berkenstraat bleek een kleine straat met op de hoek de praktijkruimte van een vermaard dierenarts, een paar echte berkenbomen in een pasgemaaid grasveld en rijkelijk veel parkeerplaatsen.
Vledder stopte en zette de motor van de Golf af. De beide rechercheurs stapten uit.
De Cock blikte verbaasd om zich heen.
'Het lijkt hier wel landelijk gebied.'
Zij aan zij liepen ze over een breed trottoir in de richting van een park.
Nummer negenenzestig had een bruingelakte toegangsdeur naast een nietig tuintje waarin een uitbundig bloeiende vlinderstruik stond.
De Cock belde aan.
De deur werd vrij snel opengedaan. Grietje van der Zee, gekleed in blauwe shorts en een witkatoenen blouse, keek hen met open mond aan.
'Wat... eh, wat komt u doen?' vroeg ze onzeker.
De Cock nam beleefd zijn hoedje af en maakte een lichte buiging.
'Wij willen nog eens met u praten,' sprak hij vriendelijk, 'over de tijd dat u samen met Charmaine bij de IJsselsteinse Bank werkte.'
Grietje van der Zee deed een stap terug en hield de deur open.
'Komt u binnen.'
Ze ging de rechercheurs voor naar een kleine, gezellig ingerichte kamer met veel planten en een viertal rotan fauteuils met fleurige kussens. Aan de wanden hingen reproducties van Monet.

De Cock nam plaats tegenover haar.
'We hebben ontdekt,' opende hij kalm, 'dat Charmaine in de tijd dat zij bij de IJsselsteinse Bank werkte, fraude heeft gepleegd. Was u daarvan op de hoogte?'
Grietje keek hem argwanend aan.
'Moet dat?'
De Cock schudde zijn hoofd.
'Dat is geen antwoord op mijn vraag. Gezien uw relatie tot Charmaine neem ik aan dat u wist dat zij fraude pleegde.'
Grietje knikte.
'Ik wist het.'
De Cock ademde diep.
'Volgens papieren die wij hebben aangetroffen, heeft Charmaine in een periode van twee jaar een half miljoen aan u overgemaakt.'
Grietje gleed met de rug van haar hand langs haar droog geworden lippen.
'Dat... eh, dat klopt.'
De Cock boog zich naar haar toe.
'Waar is dat geld gebleven?'
Grietje van der Zee zuchtte. Daarna wuifde ze met haar rechterhand om zich heen.
'Dit huis.'
De Cock keek haar ongelovig aan.
'Een half miljoen?'
Grietje schudde haar hoofd.
'Tweehonderdvijfentwintigduizend gulden.'
'En de rest?'
Grietje van der Zee kauwde nerveus op haar onderlip.
'Naar de man van Charmaine.'
De Cock reageerde verrast.
'De man van Charmaine?' herhaalde hij.
Grietje knikte.
'Toen ik Charmaine leerde kennen, was ze getrouwd.'

7

De Cock keek haar verwonderd aan.
'Was Charmaine Dupuitrain getrouwd?' vroeg hij met een zweem van ongeloof. 'Ik bedoel... echt getrouwd... op een stadhuis? Ik leefde in de stellige overtuiging dat zij een lesbienne was.'
Grietje knikte traag.
'Charmaine was lesbisch,' reageerde ze gelaten. 'Ze besefte dat eerst goed toen ze mij leerde kennen. Toen bleek haar ware geaardheid. Dat huwelijk met Gerard van Kastelen was een vergissing. Daar had ze nooit aan moeten beginnen.'
De Cock trok zijn neus iets op.
'Hoe heette haar man, zei u?'
Grietje van der Zee snoof verachtelijk.
'Gerard van Kastelen... een hond van een vent.'
De Cock schudde zijn hoofd.
'U mag mannen nooit met honden vergelijken,' sprak hij afkeurend.
'Waarom niet?'
'Daar doet u honden onrecht mee. Ik heb mijn eigen honden nooit honds kunnen vinden.'
'Oké,' sprak Grietje berustend, 'geen hond dan. Maar u begrijpt best wat ik bedoel. Gerard van Kastelen was een echte minkukel. Een vervelende luie vent, een niksnut, een uitbuiter, een parasiet. Zolang Charmaine met hem getrouwd is geweest, heeft hij geen dag gewerkt. Hij leefde volkomen op haar kosten... vertikte het zelfs om de kleinste huishoudelijke klusjes op te knappen.'
'Daar ging ze mee akkoord?'
Grietje trok haar schouders op.
'Charmaine kwam nooit in opstand... tegen niemand. Ze was altijd lief, onderdanig, ging elk conflict uit de weg.'
'Kan dat?'
'Als Charmaine ergens een vluchtmogelijkheid zag, dan... eh, dan was ze al weg. Daarom stemde ze ook in met een afkoopsom.'
De Cock fronste zijn wenkbrauwen.
'Een afkoopsom?'
Grietje knikte.

'Nadat Charmaine onze wederzijdse liefde had ontdekt, liet ze Gerard van Kastelen in de steek en trok bij mij in. Het was behelpen. Ik woonde toen nog op een krotje ergens in de Pijp. Maar we hadden het goed samen. Charmaine zag duidelijk in dat haar huwelijk met Gerard van Kastelen een vergissing was en begon onmiddellijk een echtscheidingsprocedure. Gerard van Kastelen was woedend... vooral op mij. Ik had zijn harmonische huwelijk verstoord.'
Ze grinnikte vreugdeloos.
'Harmonisch... het was voor Charmaine een hel.'
Ze zweeg even.
'Gerard kwam direct met financiële eisen. Volgens hem raakte hij door mijn toedoen zijn bron van inkomsten kwijt. Hij weigerde in een echtscheiding toe te stemmen en verlangde van ons, dat wij hem permanent zouden onderhouden.'
De Cock trok een vies gezicht.
'Wat een fielt.'
Grietje knikte.
'Ik heb het nooit erg op mannen begrepen,' sprak ze zuchtend. 'Zelfs mijn eigen vader ontweek ik zoveel mogelijk. Maar door Gerard van Kastelen ben ik een pure mannenhaatster geworden.'
De Cock negeerde de opmerking.
'Hoe ging het verder met jullie?'
'In het begin gaven we hem maandelijks een toelage, maar hij eiste steeds meer geld van ons en viel ons herhaaldelijk lastig... zat op de trap voor onze woningdeur... wilde 's nachts bij ons slapen. Charmaine en ik voelden daar niets voor.'
De Cock fronste zijn wenkbrauwen.
'Jullie hadden de politie toch kunnen inschakelen.'
Grietje schonk hem een meelijwekkend lachje.
'Politie,' sprak ze minachtend. 'We hebben wel eens assistentie gevraagd, maar we werden uitgelachen. Als lesbienne vind je weinig begrip.'
De Cock slikte de kritiek.
'Hoe liep het af?'
Grietje ademde diep.
'Uiteindelijk hebben we onze maandelijkse betalingen aan hem gestopt.'
De Cock grijnsde.

'Dat gaf herrie?'
Grietje knikte.
'Na een reeks van bedreigingen kwam hij uiteindelijk met een voorstel tot een afkoopsom.'
'Dat is lef... hoeveel vroeg hij?'
'Drie ton.'
De Cock schoof zijn onderlip vooruit.
'Drie ton... dat is nogal wat.'
'Dat vonden wij ook.'
'Zijn Charmaine en jij op zijn aanbod ingegaan?'
Grietje maakte een hulpeloos gebaar.
'We wilden van hem af,' riep ze vertwijfeld. 'Hoe dan ook. U kunt zich niet voorstellen hoeveel ellende die man ons heeft bezorgd.'
De Cock spreidde zijn handen.
'Hoe... eh, hoe kon Gerard van Kastelen van jullie drie ton verlangen?' vroeg hij verbaasd. 'Hadden jullie zoveel geld?'
Grietje schudde haar hoofd.
'Charmaine werkte bij de IJsselsteinse Bank op een afdeling waar giroverzamelstaten worden opgemaakt. Dat wist Gerard van Kastelen. Uiteraard, dat had ze hem zelf verteld. Gerard wist ook dat er op de bank maar weinig controle was... dat al die verzamelstaten die Charmaine opmaakte, zonder meer door een lid van de directie werden ondertekend.'
De Cock spreidde zijn handen.
'Gerard van Kastelen wist precies dat Charmaine kon frauderen, en hoe.'
'Daar speculeerde hij op.'
De Cock bracht de wijsvinger van zijn rechterhand voor zijn neus. 'Tussen de andere betalingen in... zo stel ik mij voor... maakte Charmaine Dupuitrain via de verzamelstaten van de IJsselsteinse Bank ook geld aan u over.'
Grietje schudde haar hoofd.
'Niet aan mij, maar ze stortte het op haar eigen naam en rekening. Zij wilde mij er niet bij betrekken.'
'Haar eigen naam en rekening?' herhaalde De Cock ongelovig. 'Dat... eh, dat valt toch direct op?'
Grietje glimlachte.
'Op de bank kende men Charmaine als mevrouw Van Kastelen. Onder die naam was ze ook aangenomen. Charmaine had voor ze

aan de fraude begon een rekening op haar eigen naam, Dupuitrain, geopend.'
De Cock knikte.
'Ik begrijp het. Die naam viel niet op.'
Grietje glimlachte.
'Van haar eigen rekening deed ze daarna stortingen aan mij.'
'Waarom aan u?'
'Ik deed de onderhandelingen met Gerard van Kastelen. Charmaine vermeed elk contact met hem. En daar had ik wel begrip voor.'
Ze glimlachte opnieuw.
'Ik wist na onderhandelingen de drie ton die Gerard van Kastelen eiste, te verlagen tot tweehonderdvijfenzeventigduizend gulden.'
De Cock hield zijn hoofd iets schuin.
'En dat bedrag hebben jullie uiteindelijk aan hem betaald?'
Grietje knikte.
'Charmaine durfde met de fraude bij de bank niet verder te gaan. Toen ze tweehonderdvijftigduizend gulden had bemachtigd, bekroop haar de angst om betrapt te worden. De resterende vijfentwintigduizend gulden hebben we gewoon geleend.'
'Daarna kwam de echtscheiding?'
'Gelukkig.'
De Cock boog zich iets naar haar toe.
'Die eerste fraude bij de IJsselsteinse Bank is nooit ontdekt?'
Grietje trok een bedenkelijk gezicht.
'Ze zijn er bij de IJsselsteinse Bank nooit op teruggekomen. Ik denk dat de tijd tussen de beide fraudes groot genoeg is geweest.'
De Cock plukte aan het puntje van zijn neus.
'Men is na de ontdekking,' overdacht hij hardop, 'teruggegaan tot het moment dat de tweede fraude begon. En verder heeft men niet gekeken.'
Grietje knikte.
'Zo zal het zijn geweest. De IJsselsteinse Bank heeft slechts tweehonderdvijftigduizend gulden teruggeëist... het bedrag van de tweede fraude.'
De Cock keek haar niet-begrijpend aan.
'Waarom begon ze aan die tweede fraude? Ze was toch van die vent af?'
Grietje keek om zich heen.
'Charmaine wilde dit huis in Duivendrecht en er was geen geld.'

De Cock boog zich iets naar haar toe.
'Begon Charmaine die tweede fraude ook met jouw instemming?'
Grietje schonk hem een moede glimlach.
'Ik was met haar ook gelukkig in de Pijp.'
'Het initiatief lag dus bij Charmaine?'
Grietje knikte.
'Ze wist dat dit huis te koop was... voor haar een droom... het park om de hoek, de berken voor de deur. En volgens Charmaine liep ze bij het plegen van fraude geen enkel gevaar.'
Grietje sloeg plotseling haar beide handen voor haar gezicht en snikte.
'Ze zei steeds: het is de vorige keer toch ook goed gegaan.'
De Cock leunde in zijn fauteuil achterover.
'Een triest verhaal.' Hij gebaarde om zich heen. 'En op het moment dat het geluk voor jou begint te gloren, komt Lorette de Jong en neemt je je liefde af.'
Grietje liet haar hoofd iets zakken.
'Vergeef me dat ik aanvankelijk onaardige dingen over haar heb gezegd... onware dingen ook... maar ik was boos en verdrietig.'
De Cock keek haar glimlachend aan.
'Je bent er dus niet meer zo zeker van dat Lorette de Jong Charmaine vermoordde?'
Grietje van der Zee schudde haar hoofd.
'Ik heb een ander op het oog,' sprak ze vlak. 'Ik heb u dat aanvankelijk niet willen vertellen, omdat ik die gehele fraudezaak niet wilde oprakelen, maar nu u toch alles weet...'
Ze stokte, pakte een zakdoekje uit haar handtas en depte de tranen van haar wangen. Eerst na enkele seconden ging ze verder.
'Gerard van Kastelen had ontdekt dat Charmaine op de Wallen achter het raam zat. Sindsdien viel hij haar weer lastig... wilde per se haar souteneur zijn. Dagen lag hij op de loer. Als Charmaine een klant had afgehandeld, kwam hij even later haar peeskamertje binnen en eiste het geld op.'
'Gaf ze het?'
Grietje schudde haar hoofd.
'Charmaine heeft steeds geweigerd hem geld te geven. Dan schold hij haar uit: "Hoe kan een pot een hoer zijn?" Het liet Charmaine koud. Ze wilde voor alles eerst haar schuld bij de bank aflossen.

Zelfs toen Gerard van Kastelen dreigde haar van kant te maken, hield ze voet bij stuk.'
De Cock kneep zijn ogen halfdicht.
'Dreigde haar van kant te maken?'
Grietje van der Zee sloot haar ogen en zuchtte diep.
'Er komt nog eens een dag, zei hij, dat ik je mooie strot dichtknijp.'

Ze reden met hun Golf uit het landelijke Duivendrecht weg. Het mooie weer van de laatste dagen was omgeslagen. Een compact wolkendek schoof als een grauwe molton deken langzaam over de stad en verduisterde de zon. Vette regendruppels kletsten op de voorruit. Vledder deed de ruitenwissers aan. De Cock liet zich onderuitzakken en drukte de rand van zijn oude hoedje tot op de rug van zijn neus. De monotoon zwiepende ruitenwissers irriteerden hem.
Vledder blikte opzij.
'Ken jij die Gerard van Kastelen?'
'Hoezo?'
'Je reageerde zo verrast toen Grietje van der Zee die naam noemde.'
De Cock schoof zijn hoedje terug.
'Ik heb zijn vader gekend... Karel van Kastelen, een souteneur en drugshandelaar.'
Vledder grinnikte.
'De appel valt niet ver van de stam.'
De Cock knikte.
'Dat zie je vaak bij criminele families... de zoon volgt de vader op... soms generaties achtereen.'
Vledder fronste zijn wenkbrauwen.
'Je zei: ik heb zijn vader gekend... leeft die Karel van Kastelen niet meer?'
De Cock schudde zijn hoofd.
'Een jaar of vijf geleden vond men hem met veel lood in zijn lijf dood aan de rand van een snelweg in de buurt van Den Haag.'
'Geliquideerd?'
De Cock knikte.
'En de dader is nooit gevonden.' De oude rechercheur grinnikte. 'Ik denk niet dat men in Den Haag veel moeite heeft gedaan om hem te vinden.'

Een tijdlang reden ze zwijgend voort. Het was Vledder die het zwijgen verbrak.
'Wanneer men alles overdenkt, dan was die Charmaine Dupuitrain toch een vreemd wezentje... slim, sluw en vooral ontrouw.'
De Cock trok zijn gezicht in een ernstige plooi.
'Ik denk dat ze vooral ten opzichte van Lorette de Jong nooit oprecht is geweest. Het verbaast mij dat wij van haar nooit iets over een opdringerige ex-echtgenoot van Charmaine hebben gehoord.'
Vledder trok zijn schouders iets op.
'Vermoedelijk heeft Charmaine die episode uit haar leven voor Lorette de Jong verzwegen. Ze kwam er ook eerst na haar dood achter dat Charmaine in het verleden fraude had gepleegd.'
De Cock wees geërgerd naar de ruitenwissers.
'Doe die dingen uit... het regent niet meer.'
Vledder voldeed aan zijn verzoek.
'Denk je dat die Gerard van Kastelen Charmaine heeft vermoord?'
'We hebben te veel verdachten,' antwoordde De Cock. 'Lorette presenteerde ons een man met een snor en een getatoeëerd zonnetje. Grietje van der Zee beschuldigde aanvankelijk Lorette de Jong, maar switcht nu naar Gerard van Kastelen.'
Vledder krabde op zijn hoofd.
'Kunnen we niets tegen hem ondernemen?' vroeg hij geprikkeld.
'Hij heeft Charmaine destijds toch tot fraude aangezet? Zonder zijn aandringen was ze wellicht nooit tot fraude gekomen.'
De Cock drukte zich omhoog.
'We zullen onze bevindingen in een keurig proces-verbaal aan de officier van justitie voorleggen. Hij moet maar beslissen wat er verder moet gebeuren. Uiteindelijk is hij...'
Vledder onderbrak hem lachend.
'Opsporingsambtenaar bij uitnemendheid.'
De Cock knikte nadrukkelijk.
'Precies. Ik voel er weinig voor om inzake die oude fraudezaak persoonlijk iets te ondernemen. Zonder de medewerking van de IJsselsteinse Bank wordt het een lastige klus.'
Vledder keek hem schattend aan.
'Je gaat die Gerard van Kastelen toch wel inzake de moord op Charmaine benaderen?'
De Cock knikte.
'Dat doe ik zeker. Ik ben benieuwd hoe hij op onze wetenschap re-

ageert... hoe hij de fraude van zijn ex-vrouw belicht... zijn pogingen om haar souteneur te worden omschrijft. De moord op zijn exvrouw zal hij zeker ontkennen, maar als hij Charmaine Dupuitrain inderdaad heeft begluurd, dan moet hij op de gracht ook de man met de snor hebben opgemerkt.'
De oude rechercheur keek op.
'Heb je de naam Bertus van het Hooft nog nagetrokken?'
Vledder staarde door de voorruit.
'De naam Bertus van het Hooft komt in onze administratie niet voor,' sprak hij strak. 'En een zonnetje is een zo'n veelvuldig voorkomende tatoeage, dat onze TOHD* er niets mee kon doen.'
De Cock zuchtte.
'Het zit ons niet mee... dit keer.'
Vledder grinnikte.
'Andere keren wel?' vroeg hij verwonderd. 'Ik heb het idee dat wij tweeën alleen maar ondoorzichtige zaken in behandeling krijgen.'
De Cock glimlachte.
'Noem het noodlot.'
Vledder parkeerde de Golf op de gladde houten steiger achter het politiebureau. De rechercheurs stapten uit en slenterden via de Oudebrugsteeg naar de Warmoesstraat. Toen ze de hal van het politiebureau binnenstapten, wenkte Jan Kusters De Cock van achter de balie.
De Cock liep hoofdschuddend op hem toe.
'Geen narigheid... hoop ik.'
De wachtcommandant trok zijn schouders op en overhandigde hem een notitie.
'Of je deze man even wilt bellen.'
De Cock bekeek de krabbels.
'Wanneer kwam dat binnen?'
'Een halfuurtje geleden.'
De Cock gaf het briefje aan Vledder.
'Bel jij maar.'
De jonge rechercheur bekeek de notitie.
'Wie is Gijsbertus van Damme?' vroeg hij verwonderd. 'Kennen we die?'

* Technische Opsporings en Herkennings Dienst

De Cock knikte.
'De zondagse naam van Witte Gijssie.'
Vledder liep om de balie heen en pakte een telefoon. De Cock volgde van enige afstand zijn gelaatsexpressies. Na enkele minuten legde de jonge rechercheur de hoorn op het toestel terug.
De Cock bekeek zijn bleek gezicht.
'Wat is er?'
Vledder slikte.
'Witte Gijssie heeft een halfuurtje geleden in het vroegere peeskamertje van Charmaine Dupuitrain een man gevonden.'
'Wat voor een man?'
'De man die het kamertje van hem had gehuurd.'
'En?'
'Hij is dood.'
De Cock kneep zijn ogen halfdicht.
'Vermoord?'
Vledder knikte.
'Om zijn nek hangt een stuk elektriciteitsdraad.'

8

De Cock slenterde bedaard van het politiebureau door de Warmoesstraat naar de Lange Niezel. Vledder liep enkele passen schuin voor hem uit. De oude rechercheur riep hem terug.
'Heb je haast?'
Vledder reageerde nerveus.
'Daar is een moord gepleegd!' riep hij opgewonden.
De Cock grijnsde.
'Daar ligt een dooie vent in een kamertje,' sprak hij achteloos. 'En dood is dood. Daar veranderen jij en ik niets meer aan.'
Vledder hield zijn pas in.
'Ik vind het vreemd,' sprak hij hijgend. 'Witte Gijssie had een halfuurtje geleden de melding van de moord toch ook aan de wachtcommandant kunnen doen?'
De Cock trok zijn schouders iets op.
'Witte Gijssie wist dat wij belangstelling hadden voor de man die zo haastig het peeskamertje van Charmaine Dupuitrain had gehuurd.'
'Als je toch in jouw huis een moord ontdekt,' riep Vledder geëmotioneerd, 'dan... dan...'
De jonge rechercheur maakte zijn zin niet af.
De Cock trok een grijns.
'Ik denk dat Witte Gijssie geen opschudding wilde met geüniformeerde agenten voor de deur van zijn bordeel. Twee lijken achter elkaar in hetzelfde peeskamertje is niet goed voor de business.'
Vledder gromde.
'Business, business... denken die lui nergens anders aan.'
De Cock reageerde niet.
Het was bijzonder rustig op de Achterburgwal. Vele hoerenpandjes waren op dit vroege middaguur wegens te magere belangstelling nog gesloten. Een paar bedaagde prostituees zaten wat verveeld met een breiwerkje achter het raam. De meest opwindende hoertjes gingen pas 's avonds aan het werk, als het voltallige leger van behoeftigen voorbijtrok.
Bij Achterburgwal 1017 hing een laken voor het raam. Witte Gijssie stond voor de deur. Hij zag bleek en had roodomrande ogen. De bordeelhouder duimde over zijn schouder.

'Ik ben mij rot geschrokken van die dooie vent. Ik zou even boodschappen gaan doen. Toen zag ik de deur van het kamertje op een kier staan. Ik dacht dat hij al vroeg was begonnen. Uit nieuwsgierigheid ben ik gaan kijken. Toen vond ik hem.'
De Cock fronste zijn wenkbrauwen.
'Jij dacht,' herhaalde hij niet-begrijpend, 'dat hij al vroeg was begonnen?'
Witte Gijssie knikte.
'Die... eh, die Bertus van het Hooft.'
'Waar moest hij aan beginnen?'
Witte Gijssie ademde diep.
'Gisteravond kwam hij bij mij en vroeg de sleutel van het kamertje dat hij gehuurd had. Ik zei hem dat hij die niet kreeg omdat ik het kamertje nog een paar dagen gesloten wilde houden uit piëteit met dat vermoorde vrouwtje.'
'Dat had je hem toch verteld?'
'Zeker.'
De Cock keek hem onderzoekend aan.
'Je hebt die sleutel toch gegeven?'
Witte Gijssie zuchtte.
'Die vent zei dat het niet de bedoeling was dat zijn vriendin al ging zitten. Hij wilde de sleutel om het kamertje wat op te knappen... een nieuw behangetje en een kwast verf.'
De Cock keek hem verwonderd aan.
'Waarom? Het zag er toch netjes uit?'
'Netjes?' vroeg Witte Gijssie kwaad. 'Het kamertje zat vol vieze grijze vlekken van de aluminiumpoeder waarmee jullie dactyloscoop had gekwast.'
De Cock haalde zijn schouders op.
'Een sopdoekje was voldoende geweest.'
Witte Gijssie zwaaide geagiteerd.
'Die vent wilde het voor zijn vriendin. Toen die vriendin van hem hoorde dat in het kamertje dat zij zou gaan betrekken, een vrouwtje was vermoord, eiste ze dat het kamertje eerst werd opgeknapt. Anders ging ze er beslist niet in.'
De Cock maakte een berustend gebaar.
'Het klinkt aannemelijk. Ik kan mij voorstellen dat het geen prettige gedachte is.'
Witte Gijssie knikte.

'Dat vond ik ook. Daarom heb ik hem de sleutel van het kamertje maar gegeven... onder voorwaarde dat het laken bleef hangen.'
De Cock wees naar het raam.
'En het laken hangt er nog.'
Het klonk bijna spottend.
De oude rechercheur liep langs Witte Gijssie en duwde de deur open. Door het witte laken viel voldoende licht het kamertje binnen. Naast het peesbed lag op zijn rug het lichaam van een korte gedrongen man met zwart haar en een volle zwarte snor. Zijn tong hing half uit zijn mond en zijn ogen waren wijd opengesperd. Het bood een gruwelijke aanblik.
De Cock knielde bij hem neer. Dun, wit, tweesnoerig elektriciteitsdraad was diep in de vlezige hals gedrongen. Een uiteinde van de draad lag in een kleine bocht een paar centimeter boven de linkerschouder. Het andere einde liep achter het hoofd van de dode om. De moordenaar had zijn slachtoffer duidelijk van achteren benaderd en de draad over zijn hoofd getrokken.
De oude rechercheur boog zich over de dode heen en bekeek de rug van zijn rechterhand. De hijgende adem van Vledder kriebelde in zijn nek.
'Een klein rood zonnetje.'
De Cock knikte.
'Hier ligt de angst van Charmaine.'

Bram van Wielingen zette zijn aluminiumkoffertje op het peesbed en keek rond.
'Verrek,' riep hij verrast, 'hier waren wij van de week toch ook?'
De Cock knikte.
'Toen was het een vrouwtje.'
'Ben je daar al verder mee?'
De Cock schudde zijn hoofd en wees naar de dode op de vloer. 'En hier,' sprak hij somber, 'snap ik helemaal geen draad van.'
'Weet je wie hij is?'
De Cock wees omhoog.
'Hij heeft aan de bordeelhouder opgegeven dat hij Bertus van het Hooft heet, maar ik ben bang dat het een valse naam is. In onze administratie is hij niet bekend en aan zonnetjes heeft onze TOHD niets.'

'Zonnetjes?'
De Cock wees naar de tatoeage op de rug van de rechterhand van de dode.
'Ik wil dit goed in beeld en een duidelijke foto van hem voor een mogelijke herkenning.'
'Met die tong uit zijn bek?'
De Cock maakte een hulpeloos gebaar.
'Ga morgenochtend maar met je camera naar het sectielokaal op Westgaarde. Misschien kan dokter Rusteloos voor hij aan het werk gaat iets aan die tong doen.'
'Terugstoppen?'
De Cock keek hem afkeurend aan.
'Neem dan Ben Kreuger mee... kan hij rustig een slip van zijn vingers maken. Misschien dat wij wel ergens zijn vingerafdrukken hebben.'
Bram van Wielingen pakte zijn koffertje en monteerde een flitslicht op zijn Hasselblad.
'Wat kwam hij hier doen?'
'Doodgaan.'
Bram van Wielingen schonk hem een blik vol verwijt.
'Voor hij doodging?'
De Cock gebaarde om zich heen.
'Dit kamertje opknappen voordat zijn vriendin hier als hoer ging zitten.'
'Ken je die vriendin?'
'Ook niet.'
Bram van Wielingen keek hem meelijwekkend aan.
'Ik wens je mazzel.'
Toen flitste hij in het dode gelaat.

Dokter Den Koninghe, de lijkschouwer, kwam met driftige pasjes het peeskamertje binnen. Achter hem, in de deuropening, verschenen twee zwaargebouwde broeders van de Geneeskundige Dienst met hun brancard.
De Cock schudde de lijkschouwer hartelijk de hand.
'Het spijt me dat ik u weer lastig moet vallen.'
Dokter Den Koninghe bromde.
'Ik word ervoor betaald.'
De Cock liep aan de lijkschouwer voorbij naar de beide broeders

en vroeg hun vriendelijk nog even buiten te blijven. Uit ervaring wist hij dat het in zo'n kleine peeskamer snel benauwd wordt en mogelijke sporen werden vertrapt.
Dokter Den Koninghe trok aan de vouwen van zijn keurige streepjespantalon de pijpen iets omhoog en knielde bij de dode neer. Met de rug van zijn hand voelde hij even aan de wang van het slachtoffer. Daarna drukte hij in een routinegebaar de oogleden toe. Al na enkele seconden kwam hij weer overeind en nam zijn bril af.
De Cock bezag geduldig de ceremonie van het poetsen van zijn brillenglazen.
Dokter Den Koninghe keek naar hem op.
'Hij is dood.'
De Cock knikte gelaten.
'Dat vermoedde ik,' reageerde hij nuchter.
De oude lijkschouwer wees naar het slachtoffer.
'Al enkele uren. Het lichaam is flink afgekoeld en er is een begin van lijkstijfheid. De doodsoorzaak is zonder meer duidelijk. De insnoeringen in de hals zijn diep. De wurger moet een krachtig man zijn geweest.'
Dokter Den Koninghe wuifde.
'Tot kijk, tot jouw volgende lijk.' Er kwam een zoete grijns op zijn gezicht. 'Soms denk ik dat jij erin grossiert.'
De Cock wuifde terug, maar reageerde verder niet. Toen de lijkschouwer het kamertje had verlaten, richtte hij zijn aandacht weer op Bram van Wielingen.
'Ben je klaar?'
De fotograaf hield zijn Hasselblad omhoog.
'Nog een opname... een plaatje van het fonteintje.'
'Fonteintje?' vroeg hij verwonderd. 'Zie je daar wat aan?'
Bram van Wielingen gebaarde.
'Als ik mij goed herinner,' sprak hij traag, 'dan stond die roestige pedaalemmer de vorige keer aan de andere kant.'

Ze liepen zwijgend en met sombere gezichten over de Achterburgwal terug naar de kit. Een miezerige motregen gaf een extra accent aan hun somberheid .
Vledder bromde.
'Ik begrijp best dat Ben Kreuger niet opnieuw een dactyloscopisch onderzoek in het kamertje wilde instellen. Hij heeft nog een la vol

van de vorige keer. En buiten die pedaalemmer is er niets veranderd.'
De Cock zuchtte.
'Jammer dat bij zijn vorig dactyloscopisch onderzoek het knopje van het licht geen vingerafdruk heeft opgeleverd. Het was een kleine mogelijkheid geweest om de moordenaar van Charmaine te identificeren.'
Vledder keek hem van terzijde aan.
'Hoe denk je de identiteit van dit slachtoffer te achterhalen?'
De Cock gebaarde voor zich uit.
'Als Bram van Wielingen morgen een redelijke foto van hem kan maken, dan kunnen we die op het televisiescherm brengen... compleet met een vermelding van de kleding die hij droeg.'
'Verder?'
'Verder hoop ik dat wij zijn vingerafdrukken in ons systeem hebben.'
'Dan zou hij een crimineel verleden moeten hebben.'
De Cock knikte.
'Dat is niet ondenkbaar. We hebben alleen weinig tijd voor de identificatie.'
'Hoezo?'
'Volgens de begrafeniswet moeten we hem binnen vijf dagen onder de grond stoppen. Voor een wetsgeldige herkenning kunnen we hem dan niet meer aan mogelijke getuigen laten zien.'
Ze liepen een tijdje zwijgend verder. Vledder blikte opzij.
'Zie jij een verband?'
'Tussen deze moord en de moord op Charmaine?'
'Dat bedoel ik.'
De Cock trok een mistroostig gezicht.
'Gepleegd in hetzelfde kamertje. Dat is voorlopig de enige overeenkomst die ik zie. Verwurging met de handen of met een snoer is een totaal verschillende modus operandi.'
'Twee verschillende daders?'
De Cock knikte.
'Daar lijkt het op.'
'Verschillende motieven?'
De Cock maakte een hulpeloos gebaar.
'Geen flauw idee.'
Vledder grinnikte.

'Zullen we samen naar een ander beroep uitzien?'
De opmerking fleurde De Cock zichtbaar op. De somberheid gleed van zijn gezicht.
'Ik ben te oud... kom nergens meer aan de bak. Bovendien heb ik nooit een vak geleerd.'
'Ben je daarom rechercheur geworden?'
'Precies.'
Aan het einde van de Lange Niezel liep De Cock niet de Warmoesstraat in, maar sjokte rechtuit naar de Oudebrugsteeg.
Vledder keek hem verrast na.
'Waar ga je heen?'
De Cock keek achterom.
'Naar de steiger, naar onze Golf. Ik wil naar de Bilderdijkkade.'
'Bilderdijkkade? Wat is daar?'
De Cock lachte.
'Ben je het vergeten?' vroeg hij licht spottend. 'Daar woont onze vriend Gerard van Kastelen. We gaan hem plechtig condoleren met het verlies van zijn ex-vrouw. En verder heb ik nog een paar vragen in mijn hoofd.'

Op de Bilderdijkkade bij het Kwakersplein vonden ze aan de wallekant tussen de bomen met moeite een parkeerplaatsje voor de Golf. Ze stapten uit en slenterden de kade af. Bij nummer 975 bleven ze staan. De Cock bekeek de smalle plastic naamplaatjes aan de muur. Naast 'G. van Kastelen' drukte hij op de knop. Tegelijk keek hij omhoog. Even later verscheen het gezicht van een man in het spionnetje op de eerste etage. Het duurde daarna nog enkele seconden voor de buitendeur werd opengetrokken.
De Cock hees zijn negentig kilo langs een krakende trap omhoog. Vledder volgde.
Op het portaal van de eerste etage stond de man van het gezicht. De Cock schatte hem op achter in de dertig. Hij droeg een verschoten spijkerbroek met een grijze slobbertrui en hij had zich in dagen niet geschoren. De oude rechercheur nam zijn hoedje af.
'Mijn naam is De Cock,' sprak hij vriendelijk. 'De Cock met... eh, met ceeooceeka.' Hij duimde over zijn schouder. 'Dat is mijn collega Vledder. Wij zijn rechercheurs, verbonden aan het bureau Warmoesstraat.'
Hij keek de man schuins aan.

'U... eh, u bent Gerard van Kastelen?'
'Ja, dat ben ik.'
De Cock liet zijn hoofd iets zakken.
'Wij condoleren u,' sprak hij plechtig, 'met het verlies van uw ex-vrouw.'
'Dank je.'
De Cock gebaarde voor zich uit.
'Kunnen we daar verder praten?'
Gerard van Kastelen liet de rechercheurs binnen en ging hen voor naar een schaars gemeubileerde woonkamer. De Cock keek rond. Er was geen enkele vorm van luxe. Gerard van Kastelen had het geld van Charmaine niet aan de inrichting van zijn woning besteed. De oude rechercheur liet zich in een fauteuil zakken en legde zijn hoedje naast zich op de vloer. Hij wachtte tot de man was gaan zitten.
'U weet wat haar is overkomen?'
Gerard van Kastelen knikte.
'Ze hebben haar gemold. Ik hoorde het op de Wallen. Iemand heeft haar strot dichtgeknepen. Daar had ik haar al voor gewaarschuwd.'
'Wanneer?'
'Nog een dag voor haar dood. Ik kwam erachter dat ze op de Wallen zat. Ik kreeg spijt van mijn scheiding en wilde het weer goedmaken.'
'U wilde haar souteneur zijn?'
Gerard van Kastelen schudde zijn hoofd.
'Charmaine was te schuchter. Ze deugde niet als hoer. Ik wilde juist dat ze ermee ophield.'
De Cock glimlachte.
'Wat dan? Ze kon niet meer terug naar de IJsselsteinse Bank. Daar had ze... door u daartoe aangezet... fraude gepleegd.'
Gerard van Kastelen grijnsde.
'Dat ik haar daartoe heb aangezet,' sprak hij hoofdschuddend, 'dat kunt u nooit hard maken... nooit bewijzen. Zeker niet nu Charmaine nooit meer tegen mij kan getuigen.'
De Cock boog zich iets naar hem toe.
'U had dus een redelijk motief om haar van het leven te beroven. Zolang Charmaine leefde kon zij een aanklacht tegen u indienen.'
Gerard van Kastelen grinnikte.
'Zolang een vrouw geld voor je kan verdienen... geld waard is... maak je haar toch niet van kant. Dat is stom.'

De uitspraak prikkelde Vledder. De jonge rechercheur grijnsde breed.
'U zag dus wel degelijk iets in haar... als prostituee?'
Gerard van Kastelen keek van Vledder naar De Cock en leunde achterover in zijn fauteuil.
'U neemt mij toch niet kwalijk dat ik daar geen antwoord op geef.'
De oude rechercheur negeerde de opmerking.
'Wat heeft u met die tweehonderdvijfenzeventigduizend gulden gedaan, die Charmaine u als afkoopsom heeft betaald?'
Gerard van Kastelen stak zijn rechterhand omhoog en knipte met duim en middelvinger.
'Vergokt.'
'Alles?'
'Alles. Van al dat geld heb ik geen rooie cent meer over.'
'Dat noem ik stom,' zei Vledder schamper.
De Cock bekeek de man voor zich aandachtig... het korte voorhoofd, de smalle neus en de wat ingevallen wangen.
'U lijkt sprekend op uw vader.'
'Hebt u die ouwe gekend?'
De Cock knikte.
'Toen hij nog niet in de drugs zat en af en toe een kraak pleegde.'
De oude rechercheur boog zich vertrouwelijk voorover. 'Laten we met elkaar geen spelletjes spelen, Gerard. Daar schieten jij en ik niets mee op. Je hebt wel degelijk geprobeerd om souteneur van Charmaine te worden. Niet zo vreemd. Je vader had vroeger ook een hoerenkast. Bijna dagelijks zwierf je om haar heen, begluurde haar, keek wat voor klanten ze kreeg. Daarbij zal het je zeker zijn opgevallen dat er nog een andere man belangstelling voor Charmaine had... een kleine, gedrongen man met zwart haar en een snor.'
Gerard van Kastelen lachte.
'Haagse Bertus.'
De Cock bedwong zijn emotie.
'Ken je die?'
'Een gabber van mijn vader... lang geleden, toen die ouwe van mij nog niet in de drugs zat.'
'Wat wilde hij van Charmaine?'
Gerard van Kastelen lachte opnieuw.
'Hij wilde niets van Charmaine. Hij wilde het pandje kopen en onderzocht wat het opbracht.'

9

De Cock keek hem aan.
'Heeft die Haagse Bertus jou persoonlijk verteld dat hij belangstelling had voor dat pandje?'
Gerard van Kastelen knikte.
'Ik zag die vent daar een paar maal rondscharrelen. Vreemd. Soms stond hij aan de wallekant achter een boom. Ik dacht aanvankelijk dat hij smoel had op Charmaine. Omdat ik niet van concurrentie houd, ben ik naar hem toe gegaan. Eerst toen ik hem recht in zijn gezicht keek, zag ik dat het Haagse Bertus was. Ik herkende hem niet zo gauw met die snor. Die had hij vroeger niet.'
De Cock knikte begrijpend.
'En toen zei hij dat hij geen interesse had in Charmaine, maar in het pandje.'
'Precies. Hij wilde weten wat die hoerenkast per week zo ongeveer opbracht.'
De Cock plukte aan het puntje van zijn neus.
'Denk jij dat die Haagse Bertus geld genoeg heeft om zo'n pandje te kopen?'
Gerard van Kastelen grinnikte.
'Hij hoeft het toch niet met zijn eigen poen te doen. Je weet nooit wie hij achter de hand heeft. Er is zwart geld genoeg in omloop.'
'Weet jij waar ik hem kan vinden?'
Gerard van Kastelen schudde zijn hoofd.
'Geen flauw idee. Ik heb hem verder niets gevraagd. Het was maar een kort babbeltje.'
'Kun je mij nog iets over die Haagse Bertus vertellen... van vroeger?'
Gerard van Kastelen gebaarde met beide handen.
'Hij was een relatie van mijn vader. Ik heb persoonlijk weinig contact met hem gehad. Volgens mij was hij jaren van de vlakte verdwenen. Er werd gefluisterd dat hij ergens in Spanje zat met veel poen.'
De Cock glimlachte.
'Wat werd er verder gefluisterd?'
Gerard van Kastelen gniffelde.
'Dat hij een mooi wijf aan de hand had, dat bereid was om alles voor Bertus te doen.'

'De hoer spelen?'
Gerard van Kastelen knikte.
'Dat bedoel ik,' lachte hij vet.
De Cock plukte aan zijn onderlip.
'Ken jij de echte naam van Haagse Bertus?'
Gerard van Kastelen schudde zijn hoofd.
'Ik ken hem alleen als Haagse Bertus. Hij kwam van Den Haag en sprak als een Hagenees. Verder was hij volgens vader overal voor in.'
'Heb jij nog met hem gesproken over de vele poen waarover werd gefluisterd?'
'Waarom zou ik?'
De Cock glimlachte.
'Ik ben toch benieuwd waar die poen vandaan kwam.'
'Waarom vraag je het hem zelf niet?'
De Cock keek hem strak aan.
'Dat heeft geen zin meer.'
In de ogen van Gerard van Kastelen gloeide argwaan.
'Hoezo?'
'Hij is dood.'
'Dood?'
De Cock knikte.
'Iemand legde een stukje elektriciteitsdraad om zijn nek.'

Ze verlieten de Bilderdijkkade. Via het Kwakersplein en de Potgieterstraat reden ze naar de Nassaukade en vandaar naar de Rozengracht. Vledder zat met een nors gezicht achter het stuur.
'Wat een gore rotvent,' sprak hij grommend. 'De manier waarop die man over vrouwen praat. Verschrikkelijk. Dat is toch niet normaal. Zo'n vent moeten ze onmiddellijk castreren.'
De Cock lachte.
'Je bent nogal rigoureus.'
Vledder snoof.
'Ik meen het.'
De Cock haalde zijn schouders op.
'Zijn vader was net zo,' sprak hij berustend. 'Een vrouw is voor Gerard van Kastelen een winstgevend object. Meer niet.'
Vledder kneep zijn lippen op elkaar.
'Kunnen we hem geen loer draaien?'

'Hoe bedoel je?'
'Gaan we terug... arresteren we die Gerard van Kastelen voor afpersing van tweehonderdvijfenzeventigduizend gulden. Met een verklaring van Grietje van der Zee moet dat lukken.'
De Cock schudde zijn hoofd.
'Ik heb het je al eens gezegd: dat moet de officier van justitie beslissen. Ik ben zelfs bang dat het juridisch geen haalbare zaak is.'
Vledder klapte met zijn vuist op de rand van zijn stuur.
'Weet je niets te verzinnen?'
De Cock keek hem afkeurend aan.
'Je mag je persoonlijke gevoelens nooit met je werk verweven.'
Vledder zuchtte diep.
'Ik zou zo'n ploert met liefde...' De jonge rechercheur maakte zijn zin niet af. Hij blikte opzij. 'Zegt de naam Haagse Bertus jou iets?'
De Cock schudde zijn hoofd.
'Je moet straks maar eens contact opnemen met onze Haagse collega's. Daar zullen ze hem wel kennen. Vraag ook of ene Haagse Bertus wordt genoemd in het onderzoek naar de liquidatie van Karel van Kastelen.'
Vledder fronste zijn wenkbrauwen.
'Denk je dat hij daar iets mee te maken heeft?'
De Cock maakte een hulpeloos gebaar.
'We weten en begrijpen nog niets. In feite is in deze zaak alles mogelijk.'
'En als ze hem in Den Haag niet kennen?'
'Misschien hebben wij een Haagse Bertus in ons eigen bijnamensysteem. En als we zijn vingerafdrukken hebben, komen we er zeker uit.'
Op de Rozengracht bij de Westermarkt raakten ze met hun Golf vast in een file. Vledder foeterde vijf minuten lang over het verkeer in de Amsterdamse binnenstad. Toen blikte hij opzij.
'Gerard van Kastelen kwam wel vlot met de naam Haagse Bertus.'
De Cock trok zijn schouders op.
'Waarom niet?' reageerde hij achteloos. 'Hij kon er geen kwaad mee. Hij schrok wel toen ik hem vertelde dat zijn Haagse Bertus was vermoord in hetzelfde kamertje waar zijn ex-vrouw om het leven kwam.'
Vledder knikte.
'Dat was de enige emotie,' bromde hij, 'die ik bij die kerel heb

waargenomen. Als het aan mij lag...'
De Cock gebaarde voor zich uit.
'Je kunt rijden.'

Vledder parkeerde de Golf op de houten steiger achter het politiebureau. Ze stapten uit en slenterden naar de Oudebrugsteeg. Vledder wees voor zich uit naar de Lange Niezel.
'Is het al tijd voor Smalle Lowietje?'
De Cock schudde zijn hoofd.
'We gaan eerst naar de kit. Misschien zijn er nieuwe ontwikkelingen.'
Toen ze de hal van het politiebureau binnenstapten, wenkte Jan Kusters met een kromme vinger.
De Cock liep grijnzend op hem toe.
'Kun je mij nooit met rust laten?'
De wachtcommandant keek hem verwijtend aan.
'Jij zorgt altijd voor ellende,' sprak hij verongelijkt. 'Ik niet.'
De Cock glimlachte.
'Zoet maar. Wat heb je op je lever?'
Jan Kusters wees omhoog.
'Er zit boven op de bank een huilende vrouw op je te wachten.'
'Ken ik haar?'
De wachtcommandant trok zijn schouders op.
'Ik heb haar hier nooit eerder gezien. Het was druk aan de balie toen ze hier huilend binnenkwam. Een stel verdwaalde toeristen. Het is opmerkelijk. Ze verdwalen altijd in deze buurt.'
'Toen ben je vergeten haar naam te noteren.'
'Inderdaad.'
De Cock draaide zich om en besteeg opvallend kwiek de stenen trappen naar de tweede etage.
Vledder volgde.
Op de bank bij de deur naar de grote recherchekamer zat een jonge vrouw. De Cock schatte haar op even boven de twintig. Ze was wulps, bijna uitdagend gekleed in een zwarte nauwsluitende te korte rok, waarop een witte halfopen blouse. Haar benen waren lang en sierlijk. Toen de oude rechercheur dichterbij kwam, zag hij dat haar gezicht was betraand.
De Cock bleef voor haar staan. Ze kwam van de bank omhoog en keek hem onderzoekend aan.

'Bent u rechercheur De Cock?'
De grijze speurder knikte.
'De Cock met... eh, met ceeooceeka. En met wie heb ik het genoegen?'
Ze stak hem schuchter haar hand toe.
'Sylvia... Sylvia van Rosmalen.'
De Cock drukte haar de hand en deed de deur van de recherchekamer open. Daarna stapte hij voor haar uit en liet haar op de stoel naast zijn bureau plaatsnemen. Vanaf die plek wierp hij zijn oude hoedje missend naar de kapstok en ging met zijn regenjas nog aan achter zijn bureau zitten.
'Wie heeft u mijn naam genoemd?' opende hij vriendelijk.
Sylvia van Rosmalen antwoordde niet direct. Ze trok haar strakke rokje tevergeefs iets verder naar haar knieën en schoof een pluk zwart haar uit haar gezicht.
'Een bleke man,' sprak ze zacht, 'met blond haar. Hij zei dat ik in het politiebureau aan de Warmoesstraat naar u moest vragen.'
De Cock keek haar niet-begrijpend aan.
'Waarom zei die bleke man met dat blonde haar dat?'
Sylvia begon weer te huilen. Ze boog haar hoofd voorover. Haar lange zwarte haren vielen als een gordijn voor haar gezicht.
De Cock wachtte geduldig.
Na enige tijd richtte ze haar hoofd weer op. Ze zag er triest uit. Haar tranen hadden haar overvloedige make-up verveegd.
'Bertus is dood.'
De Cock kauwde op zijn onderlip.
'Dat zei die man met het bleke gezicht?'
Sylvia knikte.
'Bertus had mij verteld dat hij op de Achterburgwal een raam voor mij had gevonden.'
De Cock kneep zijn wenkbrauwen samen.
'U... eh, u bent de vriendin van Bertus?'
'Wij zijn al bijna een jaar met elkaar. Ik heb Bertus in Spanje leren kennen tijdens de vakantie. Bertus is wel een paar jaar ouder, maar het klikte direct tussen ons twee.'
'En u zou voor hem in de prostitutie gaan?'
Sylvia boog haar hoofd.
'Tot we genoeg geld hadden om een zaak te beginnen. Bertus wilde in de binnenstad een café kopen.'

De Cock knikte begrijpend.
'Vanmiddag bent u gaan kijken wat uw... eh, uw toekomstig werkterrein werd?'
Sylvia zuchtte.
'Bertus zei gisteravond dat hij nog het een en het ander aan het kamertje moest doen.' Ze schudde haar hoofd. 'Hij kwam niet thuis... de hele nacht niet.'
'Daarom bent u vanmiddag gaan kijken?'
Er kwamen opnieuw tranen in haar ogen.
'Ik was ongerust. Dat was de eerste keer dat hij 's nachts niet bij mij was.'
'U wist waar u moest zijn?'
'Bertus had mij het adres van het pand op de Achterburgwal gegeven.'
De Cock knikte haar bemoedigend toe.
'En op dat adres trof u Witte Gijssie?'
'Heet die man zo?'
'Zo wordt hij genoemd.'
Sylvia friemelde aan de zoom van haar rok.
'Hij vroeg wat ik kwam doen. Toen ik hem zei dat ik Bertus zocht, zei hij dat er iets ergs met Bertus was gebeurd en dat ik in de Warmoesstraat naar u moest vragen.'
'Zei hij dat Bertus dood was?'
Sylvia slikte.
'Eerst niet. Toen ik hem vertelde dat ik de vriendin van Bertus was en dat ik hier zou komen te werken, vertelde die man mij dat hij Bertus vanmorgen dood in het kamertje had aangetroffen.'
De Cock boog zich iets naar haar toe.
'Kent u de volledige naam van Bertus?'
Sylvia keek verrast op.
'Natuurlijk ken ik zijn volledige naam,' reageerde ze opstandig. 'Hij heet Albertus van Zoggel. We zouden begin van de volgende maand trouwen.'
'Wat deed Bertus in Spanje?'
'Niets. Hij heeft daar een kleine villa. Niet ver van de zee.'
'Waarom zijn jullie naar Nederland gekomen?'
'Bertus zei dat zijn geld opraakte en dat wij iets moesten verzinnen.'
De Cock grijnsde.

'Prostitutie.'
Sylvia liet haar hoofd iets zakken.
'Het was mijn voorstel.'
'En Bertus voelde daar wel wat voor?'
'Hij vond het idee niet slecht.'
'Waar woonden jullie hier... in Amsterdam?'
Sylvia van Rosmalen gebaarde achter zich.
'Zolang bij de moeder van Bertus in de Jordaan op de Lindengracht. We waren nog op zoek naar een eigen woning.'
De Cock wreef met zijn vlakke hand over zijn breed gezicht.
'Heeft Witte Gijssie jou verteld hoe Bertus om het leven is gekomen?'
Sylvia schudde haar hoofd.
'Hij zei alleen dat Bertus dood was.'
De Cock trok zijn gezicht strak.
'Bertus werd vermoord.'
Sylvia keek hem verschrikt aan.
'Vermoord?'
De Cock knikte traag.
'Hij werd gewurgd.'
Sylvia strekte plotseling haar rug. In haar grote bruine ogen vonkte vuur.
'Dat heeft haar pooier gedaan,' riep ze beslist. 'Die pooier die daar altijd voor de deur hing.'
De Cock reageerde verward.
'Haar pooier? Welke pooier?'
'De pooier van dat vrouwtje.'
De Cock boog zich ver naar voren. Zijn scherpe blik hield elke gelaatstrek van haar gevangen.
'Ik... eh, ik begrijp je niet.'
Sylvia snikte hartstochtelijk. Haar hele lichaam schokte. Grote tranen rolden over haar wangen. De rug van haar rechterhand gleed langs haar mond.
'Het was Bertus,' hijgde ze. 'Bertus heeft dat vrouwtje haar keel dichtgeknepen. Hij... hij kon niet anders. Ze begon te gillen.'

'Doe morgen op Westgaarde voorzichtig bij de herkenning. Neem in ieder geval ook de moeder van Bertus mee. Misschien kan dokter Rusteloos dat stuk elektriciteitsdraad vast verwijderen en wat

aan die uitstekende tong doen. Het is anders zo gruwelijk.'
Vledder knikte nauwelijks merkbaar. Het leek alsof het relaas van Sylvia van Rosmalen de jonge rechercheur wat had verdoofd.
'Mag ik haar verhaal eens samenvatten?'
De Cock knikte.
'Ga je gang.'
Vledder bracht zijn handen naar voren.
'Haagse Bertus zoekt op de Wallen naar een geschikt raam voor zijn Sylvia. Het pandje op de Achterburgwal... van oorsprong De Veilige Haven... trekt zijn aandacht. Het kamertje van Charmaine lijkt hem bijzonder geschikt. Tegen elf uur ziet hij Charmaine haar kamertje verlaten. Dan besluit hij om het kamertje ook eens van binnen te bekijken. Terwijl hij dat doet, komt Charmaine plotseling terug, schrikt door de aanwezigheid van Haagse Bertus en begint te gillen. Bertus grijpt haar in paniek bij de keel en Charmaine sterft.'
De jonge rechercheur keek op.
'Klopt het?'
De Cock schudde zijn hoofd.
'Het klopt niet.'
'Wat klopt er niet?'
De Cock ademde diep.
'Haagse Bertus hoefde het kamertje niet van binnen te bekijken. Hij wist hoe het eruitzag. Hij was al binnen geweest toen hij Charmaine een dag tevoren geld gaf zonder van haar diensten gebruik te maken.'
Vledder keek hem bewonderend aan.
'Je hebt gelijk.'
De Cock stak zijn wijsvinger omhoog.
'En dan nog iets... hoe kwam Haagse Bertus binnen?'
Vledder trok zijn schouders op.
'Misschien had Charmaine haar kamertje bij haar vertrek niet afgesloten.'
De Cock trok een bedenkelijk gezicht.
'Charmaine had die avond vrijwel zeker haar driehonderd gulden nog niet verdiend. In haar pedaalemmer lagen maar drie gebruikte condooms.'
'Te weinig voor driehonderd gulden.'
De Cock trok zijn gezicht in een ernstige plooi.

'Tenzij ze een uiterst vrijgevige klant had bediend... een klant met bijzondere wensen. Maar daar ga ik niet van uit. Het feit dat ze terugkwam... vermoedelijk na een bezoek aan een snackbar... duidt erop dat ze van plan was om door te gaan.'
De oude rechercheur zweeg even.
'Toen we haar vonden had ze een sleutelbos in haar rechterhand. Waar duidt dat op?'
De grijze speurder gaf zelf het antwoord.
'Dat ze kort voor haar dood die sleutelbos nog had gebruikt... of het plan had om die te gebruiken. In ieder geval verkeerde Charmaine Dupuitrain, toen zij bij haar kamertje terugkwam, in de overtuiging dat de deur van haar kamertje was afgesloten. En dan vraag ik nog eens: hoe kwam Haagse Bertus binnen?'
Vledder keek hem hulpeloos aan.
'Ik kan je daar geen antwoord op geven.'
De Cock zuchtte.
'Het verhaal dat Sylvia van Rosmalen ons vertelde, klopt niet. Ik neem echter aan dat zij niet beter weet... dat ze ons slechts heeft weergegeven wat Haagse Bertus haar over het voorval heeft verteld.'
'En dat is volgens jou niet de juiste toedracht?'
De Cock schudde zijn hoofd.
'Willen alle feiten kloppen, dan heeft Haagse Bertus de gangen van Charmaine enige dagen gevolgd en wist hij dat ze 's avonds laat na een bezoek aan een snackbar naar haar kamertje terugkwam. Hij volgde haar die avond, wachtte tot zij de deur met haar sleutels had geopend en viel haar toen in het kamertje aan.'
De oude rechercheur schudde vertwijfeld zijn hoofd.
'Al kloppen de feiten, dan blijft toch de vraag waarom hij haar volgde en overviel.'
Vledder trok een droevig gezicht.
'We kunnen het hem niet meer vragen.'
Het gezicht van De Cock verhelderde.
'Weet je, Dick,' sprak hij vermoeid, 'we hebben in deze zaak ten minste één moord opgelost... de moord op Charmaine Dupuitrain.'

10

Vledder grijnsde breed.
'We hebben nog nooit op een zo eenvoudige wijze een moordzaak opgelost. Iemand komt ons even vertellen wie het heeft gedaan... klaar.'
De Cock knikte.
'We mogen onze Sylvia van Rosmalen wel dankbaar zijn voor haar openhartigheid. Ik denk dat veel vrouwen in haar situatie hadden gezwegen.'
Vledder lachte.
'En weet je wat mij zo blij maakt,' riep hij juichend, 'de moordenaar is dood... morsdood. Geen ellenlange verhoren meer, geen zeurende officieren van justitie... geen rechter-commissarissen om het onderzoek nog eens dunnetjes over te doen. Geen duffe terechtzittingen met vervelende advocaten... geen onleesbare rapporten van psychiaters... geen gedoe met reclassering en een mogelijk cellentekort... gewoon einde.'
De Cock luisterde geamuseerd naar het betoog van zijn jonge collega.
'Volgens artikel negenenzestig van ons aller Wetboek van Strafrecht,' vulde hij plechtig aan, 'vervalt het recht tot strafvordering door de dood van de verdachte.'
Vledder grinnikte.
'Ik vind het zo stom,' sprak hij hoofdschuddend, 'dat dit in de wet staat.'
'Waarom?'
Vledder reageerde verwonderd.
'Wat wil je na de dood van de verdachte nog tegen hem ondernemen?'
De Cock gebaarde.
'Er zijn tijden geweest dat dit niet in de wet was opgenomen. Dan begon de staat na de dood van de verdachte nog een strafzaak tegen hem.'
Vledder grinnikte.
'Wat had dat voor zin?'
De Cock glimlachte.
'In een schijnproces werd de dode verdachte alsnog schuldig ver-

klaard en al zijn bezittingen werden gerechtelijk in beslag genomen... geconfisqueerd. Die vervielen dan aan de Staat.'
'En de erfgenamen?'
De Cock schudde zijn hoofd.
'Die kregen niets. De toenmalige heersers haalden die grap zelfs uit nadat de verdachte al tientallen jaren was overleden en zijn bezittingen al lang in andere handen waren overgegaan. Dan werd dat bezit onrechtmatig verklaard en afgenomen.'
Vledder gromde.
'Dat was pure roof.'
De Cock knikte.
'Wettelijk toegestaan. We mekkeren wel eens over onze Nederlandse wetgeving, maar in doorsnee is die uiterst zorgvuldig.'
De oude rechercheur staarde even voor zich uit.
'Al laat de huidige wetgeving,' ging hij bedachtzaam verder, 'nog voldoende ruimte voor de roofzucht van de Staat.'
'Hoe?'
De Cock maakte een grimas.
'Denk maar eens aan de successierechten... in feite een ordinaire confiscatie van een groot deel van iemands vermogen na diens dood.'
Vledder wuifde het onderwerp weg.
'In ieder geval behoeven *wij* niets meer tegen Albertus van Zoggel te ondernemen. En wat de Staat met zijn bezit doet, laat mij Siberisch.'
De Cock glimlachte.
'Heb jij geen suikeroom?'
Vledder gromde opnieuw.
'Ik heb welgeteld vier ooms... twee van mijn moeders en twee van mijn vaders kant. Maar alle vier zo arm als de mieren.'
De Cock verzonk enige tijd in gepeins.
'Ik begrijp alleen niets,' sprak hij na een poosje, 'van het motief van de dode Albertus van Zoggel. Zijn gedrag is mij een raadsel. Tegen Gerard van Kastelen zegt hij niet geïnteresseerd te zijn in Charmaine. Zijn interesse gold het pandje, dat hij wilde kopen. Maar als Charmaine dood is, onderneemt hij onmiddellijk stappen om haar peeskamertje voor zijn vriendin te huren en vestigt hij de verdenking op zich. Hij geeft dan niet zijn ware naam, Van Zoggel, op, maar noemt zich Bertus van het Hooft... een valse naam.'

Vledder keek hem glimlachend aan.
'Vind je het belangrijk?'
'Wat?'
'Het motief en het gedrag van wijlen Albertus van Zoggel... alias Bertus van het Hooft... alias Haagse Bertus. Veel belangrijker vind ik de vraag wie hem om zeep hielp. Dat de moord uitgerekend in het oude peeskamertje van Charmaine plaatsvond, is volgens mij puur toeval.'
De Cock keek hem nadenkend aan.
'Jij ziet geen enkel verband tussen de moord op Charmaine en de moord op Albertus van Zoggel?'
Vledder schudde zijn hoofd.
'Dat verband is er niet.'
'En wat denk je van de suggestie van Sylvia van Rosmalen, dat de pooier van Charmaine verantwoordelijk is voor de dood van haar Bertus?'
Vledder antwoordde niet direct.
'Je hebt zelf gezegd dat je je persoonlijke gevoelens niet met je werk mag verweven, maar als wij die Gerard van Kastelen de moord op Albertus van Zoggel in zijn schoenen kunnen schuiven, dan...'
De Cock schudde afkeurend zijn hoofd.
'Zo mag je niet denken,' onderbrak hij kalm. 'Dat leidt tot dwaalwegen. Je moet zuiver uitgaan van feiten en omstandigheden.'
Vledder trok een nors gezicht.
'Dan hebben we niets om van uit te gaan,' riep hij kribbig.
'Er bestaat,' formuleerde de oude rechercheur voorzichtig, 'een theoretische mogelijkheid dat Gerard van Kastelen getuige is geweest van de moord op Charmaine Dupuitrain.'
'Wat?'
De Cock knikte.
'Denk maar eens na.'
De blik van Vledder verhelderde.
'Allemachtig!' riep hij geschrokken. 'Daar heb ik nog in het geheel niet aan gedacht. Het is waar... Gerard van Kastelen zwierf voortdurend in de nabijheid van het peeskamertje van Charmaine. Het is niet ondenkbaar dat hij heeft gezien dat Haagse Bertus uit het peeskamertje stapte.'
De Cock knikte.

'En als hij nog voordat wij kwamen, Charmaine dood in dat kamertje heeft aangetroffen, dan wist hij wie haar had vermoord.'
'Haagse Bertus.'
'Precies.'
Vledder slikte.
'Dan had Gerard van Kastelen,' sprak hij grimmig, 'een redelijk motief om Haagse Bertus naar het leven te staan.'
De jonge rechercheur klapte met zijn volle vuist op het blad van zijn bureau. 'Hoe bewijzen wij het,' riep hij geëmotioneerd. 'Hoe zetten wij hem onder druk... hoe maken we...'
Vledder stokte. Er werd op de deur van de grote recherchekamer geklopt en de jonge rechercheur riep: 'Binnen.'
De deur ging langzaam open en in de opening verscheen de gestalte van een breedgeschouderde man. De Cock schatte hem op achter in de dertig. Hij droeg een lichtgroene trenchcoat over een parelgrijs kostuum. In zijn rechterhand hield hij een hoedje, waaraan regendruppels kleefden. Met een iets slepende tred kwam hij naderbij. De Cock zag dat ook op zijn trenchcoat regendruppels parelden en constateerde dat het buiten weer eens regende.
De oude rechercheur kwam uit zijn stoel overeind en bezag het zongebruinde gelaat van de man. Zijn strak naar achteren gekamde donkerblonde haren, grijs aan de slapen, en de nieuwsgierig rondblikkende lichtblauwe ogen. Ze gleden aarzelend van De Cock naar Vledder en terug.
'Tot wie mag ik het woord richten?'
De Cock gebaarde naar de stoel naast zijn bureau.
'Neemt u plaats.'
De man knoopte zijn trenchcoat los en ging zitten. Met een paar wilde bewegingen sloeg hij de regendruppels van zijn hoedje en frommelde het hoofddeksel in een steekzak van zijn jas. Eerst daarna richtte hij zijn aandacht op De Cock.
'Mijn naam is Van Milschot,' opende hij met sonoor stemgeluid. 'Charles van Milschot. Ik heb zojuist een bezoek gebracht aan de oude moeder van Albertus van Zoggel in de Jordaan. Daar was ook zijn jeugdige vriendin.'
'Sylvia van Rosmalen.'
Charles van Milschot knikte.
'Sylvia van Rosmalen... zo heeft zij zich aan mij voorgesteld. Van haar vernam ik dat Albertus hier in de Amsterdamse binnenstad is

vermoord. Ik wilde graag nadere inlichtingen over deze moord. De zaak zou in behandeling zijn bij rechercheur De Cock.'
De grijze speurder glimlachte.
'U bent goed geïnformeerd,' sprak hij vriendelijk. 'Ik ben rechercheur De Cock. De Cock met... eh, met ceeooceeka.' Hij wees voor zich uit. 'Dat is mijn collega Vledder. Wij werken samen aan de zaak.' Hij stak zijn kin iets omhoog. 'Mogen wij de reden van uw interesse weten?'
Van Milschot gebaarde hoffelijk.
'Uiteraard. Albertus en ik waren bevriend. Exact zeven jaar geleden zijn wij uit elkaar gegaan. Ik kon mij enig bezit in Spanje verwerven en Albertus van Zoggel hield zich schuil voor de politie.'
'Om welke reden?'
Van Milschot glimlachte fijntjes.
'Albertus van Zoggel leidde een turbulent leven... talloze affaires met vrouwen en zo nu en dan een rooftocht in het land.'
'Rooftocht?'
Van Milschot zwaaide afwerend.
'U moet mij niet naar bijzonderheden vragen. Die ken ik niet. Zijn leefwijze was... eh, was verslindend... vergde kapitalen. Daarom moest er, zoals hij dat noemde, zo nu en dan iets gebeuren.'
'Rooftocht?'
Van Milschot maakte een verontschuldigend gebaar.
'Ik deelde zijn levenswijze niet. Die was mij te hectisch. Ook zijn gebrek aan eerbied voor de wet had niet mijn bekoring. Maar ik genoot van zijn onbekommerde levensstijl. Hij leek in vele opzichten op een roofridder uit de vroege Middeleeuwen. Ik denk dat ik mij juist daarom zo tot hem aangetrokken voelde. Albertus van Zoggel fascineerde mij.'
De Cock keek de man voor zich onderzoekend aan. Zijn bijna jubelende lofzang op de dode Albertus van Zoggel wekte weerzin bij de oude rechercheur op. Wanneer hij zich de dode, wat gedrongen man met de snor voor de geest haalde... het wat gezwollen gelaat, de uitgestoken tong, de wijd opengesperde ogen, het stuk elektriciteitsdraad om zijn nek... dan paste dat niet bij het beeld dat Charles van Milschot van hem schetste.
De Cock boog zich iets naar hem toe.
'U bezag hem wel door een roze bril.'
Van Milschot grijnsde.

'Hoe beziet een man een vrouw op wie hij verliefd is... mooi, verleidelijk, een nimf. Fantasie reikt verder dan de realiteit.'
De vlot formulerende Charles van Milschot maakte De Cock kriegel.
'Uw vriendenkring,' vroeg hij hard, 'beperkte zich tot Albertus van Zoggel?'
Van Milschot schudde zijn hoofd.
'Albertus van Zoggel was een exceptie... een uitzondering. De mensen met wie ik gewoonlijk omging, kwamen uit een ander milieu. Ik leerde Albertus bij toeval kennen en bij elke hernieuwde kennismaking genoot ik van zijn verhalen. Hij bracht die met een onvervalst Haags accent. Hij was er trots op van geboorte een Hagenaar te zijn. In penozekringen werd hij ook Haagse Bertus genoemd.'
De Cock knikte instemmend.
'Dat was ons bekend.'
Van Milschot glimlachte.
'Ik neem aan dat Albertus ook in recherchekringen enige faam had opgebouwd.'
De Cock negeerde de opmerking.
'In die zeven jaren van scheiding hebt u geen enkel contact met hem gehad?'
Van Milschot schudde zijn hoofd.
'Ik wist niet waar Albertus verbleef... waar hij zijn domicilie had. Evenmin was het Albertus bekend waar ik rondhing.'
De Cock keek hem scherp aan.
'Waarom ging u naar zijn moeder in de Jordaan? Kende u haar?'
'Zij was mijn enige aanknopingspunt... moeder Van Zoggel... de Jordaan... Lindengracht achthonderdentwaalf. Dat adres heb ik al die jaren onthouden.'
'Waarom?'
Van Milschot lachte.
'Omdat wij elkaar na zeven jaar daar zouden treffen. Dat was de afspraak toen wij uit elkaar gingen... na exact zeven jaar... rendez-vous in Amsterdam.'

Toen Charles van Milschot de grote recherchekamer had verlaten, vervielen de beide rechercheurs in een diep stilzwijgen. Boven hun hoofden zoemde een defecte TL-balk en via de tochtige, halfver-

molmde raamkozijnen drong het straatrumoer tot hen door.
Het was Vledder die het zwijgen verbrak.
'Je was niet erg mededeelzaam. Je hebt hem niet verteld waar Albertus van Zoggel om het leven kwam en op welke manier hij stierf.'
De Cock schudde zijn hoofd.
'Ik weet niet hoe ik die Charles van Milschot moet inpassen,' sprak hij geprikkeld. 'Is die man zo onnozel als hij zich voordoet? Ik kan mij dat nauwelijks indenken. Zijn ode aan Albertus van Zoggel vond ik ronduit stuitend.'
De oude rechercheur wees naar Vledder.
'Heb je inzake Haagse Bertus al contact gehad met de recherche in Den Haag?'
De jonge rechercheur schudde zijn hoofd.
'Daar ben ik nog niet aan toegekomen. Maar nu we zijn volledige naam weten, is het een stuk gemakkelijker om informatie in te winnen.'
'Ik wil weten wat die rooftochten inhielden.'
'Begrijpelijk.'
'Wanneer is de sectie?'
'Morgenochtend om elf uur. Ik heb Sylvia van Rosmalen gezegd dat zij met moeder Van Zoggel thuis klaar moet staan voor de herkenning.'
De Cock stak waarschuwend zijn wijsvinger omhoog.
'Let morgen goed op de fouillering van Haagse Bertus... welke spulletjes hij bij zich heeft... sleutels bijvoorbeeld. Ik vraag mij nog steeds af of Charmaine Haagse Bertus verraste toen hij al binnen was... of dat hij achter haar aan ging en haar daarna wurgde.'
Vledder keek hem onderzoekend aan.
'Maakt dat verschil?'
De Cock knikte nadrukkelijk.
'In het eerste geval had Haagse Bertus niet de bedoeling om Charmaine te doden... de verwurging geschiedde, zoals Sylvia van Rosmalen ons schetste, omdat Haagse Bertus zich betrapt voelde en de gillende Charmaine hem in paniek bracht.'
'En in het tweede geval?'
De Cock spreidde zijn handen.
'Dan ligt het motief anders... dan wilde hij haar dood.'

'En wat denk je van dat rendez-vous met Charles van Milschot in Amsterdam?'
De Cock ademde diep.
'Ook zo onzinnig. Een vriend die je adoreert ban je toch niet vrijwillig voor zeven jaar uit je leven... in onze tijd met een overvloed aan communicatiemiddelen zijn er toch wel middelen en wegen te vinden om contact met elkaar te onderhouden?'
De Cock stond van zijn stoel op en slenterde naar de kapstok. Vledder kwam hem na.
'Waar ga je heen?'
De Cock draaide zich half om.
'Naar de Lindengracht. Ik wil weten of ook moeder Van Zoggel in zeven jaar geen contact heeft gehad met haar zoon.'

De kleine huiskamer van mevrouw Van Zoggel bood slechts ruimte voor een tafel met vier stoelen en een dressoir aan de wand. De Cock ging tegenover haar zitten en legde zijn hoedje naast zich op het tapijt. Daarna schoof hij een vaas met bloemen, die zijn uitzicht op de vrouw belemmerde, iets opzij. Hij schatte haar op voor in de zestig. Ze had een lief rond gezicht met kraaienpootjes bij de ooghoeken. Haar dunne haar was grijs geverfd. De oude rechercheur keek zoekend om zich heen.
'Waar is Sylvia?'
Mevrouw Van Zoggel wees naar de deur.
'Die is, net voor u kwam, met meneer Charles de stad ingegaan om haar zinnen wat te verzetten.'
'Ze liet u met uw verdriet alleen?'
Mevrouw Van Zoggel trok haar schouders op.
'Ik weet echt niet of ik wel verdrietig moet zijn.' Ze legde haar rechterhand op haar borst. 'Ik voel niets. Het is hier leeg van binnen.'
De Cock schonk haar een milde glimlach.
'Dat verdriet komt nog.'
'Sylvia zegt dat ik morgen met haar mee moet naar de begraafplaats Westgaarde voor de herkenning. Daar zie ik tegenop.'
'Wilt u uw zoon niet nog eens zien?'
Mevrouw Van Zoggel schudde haar hoofd.
'Tot zijn veertiende was hij een aardig joch. Daarna is het verkeerd gegaan. En na de dood van mijn man werd hij totaal onhandelbaar.

In Den Haag, in de buurt waar wij woonden, maakte hij het zo bont, dat ik uit ellende naar Amsterdam ben verhuisd.'
'Bent u in Spanje wel eens bij hem geweest?'
Mevrouw Van Zoggel knikte.
'Vier keer. Dan stuurde hij mij een vliegticket en wat geld om over te komen. Bertus had daar een mooie villa, dicht bij het strand. Maar voor mij hoeft die hitte niet. Ik hield het er maar een paar dagen uit.'
'Waar leefde Bertus van in Spanje?'
Mevrouw Van Zoggel maakte een graaiende beweging met haar rechterhand. 'Jatwerk. Die villa heeft hij ook van gestolen geld gekocht. Als mijn overleden man alles wist, dan draaide hij zich om in zijn graf.' Ze gebaarde opnieuw naar de deur. 'Nu wilde hij dat jonge vrouwtje voor hoer laten zitten.'
De Cock keek haar quasi-verward aan.
'Kwam hij daarvoor terug uit Spanje?'
Mevrouw Van Zoggel schudde haar hoofd.
'Hij had hier een afspraak.'
'Met Charles van Milschot?'
De oude vrouw knikte.
'En nog twee anderen.'
De Cock leunde over de tafel naar haar toe.
'Twee anderen?'
Ze knikte opnieuw.
'Met z'n vieren.'
'Kent u ze?'
Mevrouw Van Zoggel zuchtte diep.
'Meneer Charles... en dan Hendrik Noorddijk. Dat is een ouwe gabber van Bertus... nog uit zijn Haagse tijd. Die kwam ook wel eens in Spanje bij hem langs. De vierde man ken ik niet.'
'Nooit zijn naam horen noemen?'
'Nee.'
'Kent... eh, kent meneer Charles hem?'
Mevrouw Van Zoggel knikte nadrukkelijk.
'Die moet hem kennen.'

11

Ze slenterden vanaf de woning van mevrouw Van Zoggel door een miezerige motregen naar de geparkeerde Golf, stapten in en reden van de Lindengracht weg. Vledder, aan het stuur, zette de ruitenwissers aan en blikte op zijn horloge.
'Gaan we naar huis,' stelde hij voor, 'of pakken wij die Gerard van Kastelen nog even aan? Ik wil hem graag onder zijn neus wrijven dat hij in de mogelijkheid was en een motief had om Haagse Bertus te vermoorden.'
De Cock schudde zijn hoofd.
'Geen van beide,' reageerde hij kalm. 'Ik vind het nog te vroeg om naar huis te gaan en Gerard van Kastelen loopt niet weg. Dat kan morgen nog. Ik ben meer geïnteresseerd in dat vreemde rendez-vous. Heb jij het adres van Charles van Milschot genoteerd?'
Vledder knikte.
'Die verblijft tijdelijk in hotel De Rode Leeuw aan het Damrak.'
De Cock gebaarde voor zich uit.
'We rijden terug naar de kit, laten daar de Golf staan en gaan te voet naar De Rode Leeuw.'
Vledder grinnikte.
'Als Charles van Milschot zich met de mooie Sylvia van Rosmalen in het rijke Amsterdamse uitgaansleven heeft gestort, dan is hij voorlopig nog niet in zijn hotelkamer terug.'
De Cock gromde.
'Dan blijven we bij de portier op hem wachten,' sprak hij verbeten. 'Ik ben ervan overtuigd dat de vlotte Charles van Milschot een paar belangrijke zaken voor ons heeft verzwegen.'
'Zoals?'
'Dat hij niet alleen een rendez-vous had met Albertus van Zoggel, maar ook nog met twee anderen, onder wie de voor ons nog onbekende Hendrik Noorddijk.'
Vledder keek even opzij.
'Charles van Milschot deed ons voorkomen of hij alleen geïnteresseerd was in Albertus van Zoggel en alleen met hem een rendez-vous had.'
De Cock knikte.

'De vraag is waarom hij ons een verkeerde voorstelling van zaken geeft.'
Vledder ademde diep.
'Begrijp jij iets van dat rendez-vous?'
De Cock schudde zijn hoofd.
'Daarom ben ik zo benieuwd naar de vierde man... naar het hoe en waarom van dat rendez-vous. Bovendien kan Charles van Milschot morgen bij de herkenning moeder Van Zoggel vervangen. Zij wil niet graag met haar dode zoon worden geconfronteerd.'
Vledder glimlachte.
'Ik had niet het idee dat ze erg onder de indruk was van zijn overlijden.'
De Cock grijnsde.
'Albertus van Zoggel was ook bepaald geen voorbeeldig kind. Ik denk dat zijn moeder heel wat met hem heeft afgetobd.'
Vledder schudde zijn hoofd.
'Hoe meer wij van die Albertus van Zoggel te weten komen, hoe minder ik van die man begrijp.'
'Hoezo?'
Vledder gebaarde breed.
'Hij heeft een mooie villa in Spanje... nog steeds... kan daar zeven jaar ongestoord vakantie houden... volgens zijn moeder alles van gestolen geld. Dan moet zijn buit toch aanzienlijk zijn geweest.'
'Beslist.'
Vledder zwaaide.
'Als zijn geld opraakte, zoals Sylvia van Rosmalen zegt, dan kon hij toch die villa in Spanje verkopen in plaats van zijn toekomstige vrouw een raam op de Wallen te bezorgen?'
De Cock grijnsde.
'Dat soort mannen denkt anders over vrouwen dan wij. Het is voor ons ondenkbaar om een vrouw die je zegt lief te hebben, als hoer op de Wallen te installeren.'
De oude rechercheur maakte een schouderbeweging.
'Ik vermoed,' ging hij grijnzend verder, 'dat hij prostitutie een aardige oplossing vond om de vakantie in zijn villa in Spanje zorgeloos en ongestoord te kunnen voortzetten.'
'Ten koste van die arme Sylvia van Rosmalen.'
'Precies.'

Vledder trok een vies gezicht.
'Ik krijg net zo'n hekel aan die man als ik aan Gerard van Kastelen heb.'
De jonge rechercheur reed de Oudebrugsteeg in en parkeerde de Golf op de gladde houten steiger achter het bureau.
De Cock stapte lachend uit. Samen slenterden ze de steiger af.
Ondanks de miezerige motregen was het gezellig druk op het Damrak. Flitsende neonreclames in bonte kleuren weerspiegelden speels in het natte asfalt. Over het brede trottoir flaneerden meest in plastic gehulde toeristen. Ze kakelden tegen elkaar in een kakofonie van vreemde keelklanken.
De Cock trok de kraag van zijn regenjas omhoog en schoof zijn hoedje iets naar voren.
'Er wordt bij ons in Amsterdam,' gromde hij, 'vrijwel geen Hollands meer gesproken.'
Vledder reageerde niet.
Op het overdekte terras van De Rode Leeuw was geen plaats meer vrij. De Cock gebaarde breed naar de vele tafeltjes en stoelen.
Hij liep naar de portiersloge. De oude rechercheur kende de man aan de balie al vele jaren. Hij lichtte beleefd zijn hoedje en gebaarde naar een pluchen bank in de hal.
'Mogen wij bij u wachten,' vroeg hij vriendelijk, 'tot de heer Van Milschot thuiskomt?'
De portier glimlachte.
'Dan mag u hier wel een kamer bestellen.'
De Cock keek de portier wat verward aan.
'Ik begrijp u niet.'
De portier wees naar een klok achter zich.
'Een minuut of tien geleden kwam de heer Van Milschot hier bij mij aan de balie. Hij was in gezelschap van een knappe jonge vrouw. De heer Van Milschot vroeg mij of ik een taxi voor de jongedame wilde bestellen.'
'En dat hebt u gedaan?'
De portier knikte.
'Kort nadat de jongedame met de taxi was vertrokken, kwam de heer Van Milschot van zijn kamer met een klein valies en vroeg de rekening.'
De Cock trok zijn neus iets op.
'De rekening?'

De portier knikte opnieuw.
'De heer Van Milschot verblijft hier niet meer.'

Toen De Cock de volgende morgen de grote recherchekamer binnenstapte, trof hij Vledder alweer achter zijn elektronische schrijfmachine. Toen hij zijn oude collega in het oog kreeg, keek hij op en liet zijn vingers rusten.
'Je bent laat.'
De Cock zwaaide zijn oude hoedje missend naar de kapstok.
'Een goede gewoonte,' grinnikte hij.
Vledder tikte met een kromme vinger op zijn polshorloge.
'De gerechtelijke sectie is om elf uur,' riep hij geïrriteerd, 'en voor die tijd moet ik Sylvia van Rosmalen en moeder Van Zoggel nog ophalen voor de herkenning.'
De Cock plooide zijn lippen in een tuitje.
'Dat red je nog wel,' sprak hij geruststellend. 'Je hebt nog een uur en drie kwartier.' Hij trok zijn regenjas uit en drapeerde die over de leuning van zijn bureaustoel. 'Heb je onze vrienden nog nagetrokken?'
Vledder knikte. Hij trok een lade van zijn bureau open en nam daaruit een A-viertje met aantekeningen.
'Albertus van Zoggel had een strafblad van hier tot ginder. Moeder Van Zoggel had gelijk. In zijn jonge jaren was Albertus vooral in en om Den Haag berucht. Hij had al veroordelingen op zeer jeugdige leeftijd. Het vreemde is, dat die reeks misdrijven zeven jaar geleden plotseling stopte.'
De Cock grijnsde.
'Toen had hij genoeg gestolen en ging hij met een rijke buit naar Spanje.'
Vledder verschoof zijn aantekeningen.
'Van Charles van Milschot hebben we niets... totaal niets. Ik zal vanmiddag na de sectie proberen of ik nog andere kanalen kan aanboren. Bij het bevolkingsregister in Amsterdam is hij nooit ingeschreven geweest. Ook in Den Haag kennen ze hem niet.'
'En Hendrik Noorddijk?'
Vledder glimlachte.
'Hetzelfde verhaal als Albertus van Zoggel. Al vrij jong gestart. Een waslijst van misdrijven... meest ernstige vermogensdelicten... waaraan zeven jaar geleden plotseling een einde kwam.'

'Hebben ze wel eens samen geopereerd?'
Vledder knikte.
'In hun jonge jaren. Later ben ik geen delicten meer tegengekomen waaraan ze beiden deelnamen. Het lijken individualistische acties.'
De Cock maakte een grimas.
'Het zou mij niets verbazen als ook Hendrik Noorddijk een onderkomen in Spanje heeft gevonden.'
Vledder spreidde zijn handen.
'Als hij bij de illustere luitjes van het rendez-vous behoort, dan zal ook Hendrik Noorddijk vandaag of morgen wel in Amsterdam opduiken.'
De Cock wreef zich achter in zijn nek.
'Misschien ziet hij van het rendez-vous af.'
'Waarom?'
'Angst.'
'Waarvoor?'
'Om hetzelfde lot te ondergaan als zijn vroegere gabber in het kwaad.'
Vledder keek hem verrast aan.
'Jij denkt dat...'
Verder kwam hij niet. De telefoon op het bureau van De Cock rinkelde. De jonge rechercheur boog zich voorover en greep de hoorn. De Cock keek toe en zag hoe het gezicht van Vledder verstrakte. Na enkele seconden legde hij de hoorn op het toestel terug.
De oude rechercheur keek hem schuins aan.
'Wie was dat?'
'Witte Gijssie.'
'Wat moest die?'
'Er is ingebroken in het vroegere peeskamertje van Charmaine Dupuitrain.'
'En?'
Vledder slikte.
'Er ligt daar weer een dode man met een stuk elektriciteitsdraad om zijn strot.'

De Cock maakte een berustend gebaar.
'Ga jij maar naar Westgaarde,' verzuchtte hij. 'We hebben die herkenning nodig en je kunt dokter Rusteloos niet laten wachten.'

'Ga je alleen?'
De Cock knikte.
'Maak je geen zorgen,' sprak hij geruststellend. 'Ik kan het best alleen af.' De oude rechercheur keek glimlachend naar zijn jonge collega op. 'Al vind ik het uiteraard plezieriger als jij erbij bent.'
Vledder wees naar de telefoon.
'Zal ik de meute voor je waarschuwen?'
De Cock nam zijn regenjas over zijn arm en raapte zijn hoedje van de vloer.
'Doe dat.'
Wuivend liep hij de grote recherchekamer af.

De Cock slenterde vanuit de Warmoesstraat op zijn gemak naar de Lange Niezel. Hij had zijn regenjas aangetrokken. Het was killer dan de voorgaande dagen. Er scheen een waterig zonnetje, dat weinig warmte bracht.
Er liepen maar weinig mensen in de Lange Niezel. In de morgenuren maakte het smalle straatje een slaperige indruk. De sekstheaters waren gesloten en de muziek in de cafés was verstomd. De grijze speurder vroeg zich af hoeveel voetstappen hij in dat oude straatje had liggen... hoe vaak hij er doorheen was getrokken naar een plaats van misdrijf... Flarden uit tal van oude zaken spoelden door zijn hersenen.
Het vreemde was, dat hij er zich niet over verwonderde dat in het vroegere peeskamertje van Charmaine Dupuitrain opnieuw een lijk lag. Intuïtief had hij aangevoeld dat het zou gaan gebeuren. Hij vroeg zich alleen af wie ditmaal het slachtoffer was en hoopte vurig dat deze nieuwe moord hem eindelijk de ogen zou openen voor het ware motief.
Aan het einde van de Lange Niezel ging hij rechtsaf de Voorburgwal op en liep via de Oude Kennissteeg naar de Achterburgwal.
Bij 1017 hing het laken nog voor het raam. Witte Gijssie stond voor de deur. Hij zag nog bleker dan de vorige keer. De hoogblonde bordeelhouder duimde over zijn schouder.
'De Cock,' riep hij fel, 'hier moet je iets aan doen. Dat kan toch zo niet doorgaan? Het lijkt wel een epidemie. Nog een moord en ik raak dat kamertje aan geen enkele hoer meer kwijt.'
Hij zwaaide wild met zijn armen.
'Wie wil hier nog gaan pezen?'

De Cock trok zijn linkerschouder iets op.
'Mensen vergeten snel,' sprak hij achteloos. 'Over een paar weken praat niemand er meer over.'
Witte Gijssie grinnikte met een snik.
'In nog geen week... drie moorden in datzelfde gore kamertje.'
De Cock knikte instemmend.
'Wanneer ontdekte je het?'
'Een halfuurtje geleden. Ik kwam naar buiten en zag dat de deur was opengebroken... ruw, onbehouwen, door iemand die er geen sjoege van heeft. Dat slot maak je met een paperclip open. Die Don Quichot heeft de halve deurstijl versplinterd om binnen te komen.'
De Cock bekeek even vluchtig de vernielingen.
'Wat heb je gedaan?'
Witte Gijssie maakte een vertwijfeld gebaar.
'Ik begreep er niks van,' riep hij opgewonden. 'Iedere idioot weet toch dat er in een peeskamertje op de Wallen niets is te halen. Wat is er van waarde? Je moet toch wel...'
De Cock onderbrak hem.
'Je bent naar binnen gegaan?'
'Allicht.'
'Ergens aangekomen met je handen?'
Witte Gijssie schudde zijn hoofd.
'Ik ben zo langzamerhand een expert... handjes in de zakken.'
'Ken je de man?'
Witte Gijssie schudde opnieuw zijn hoofd.
'Nooit eerder gezien.'
'Iets bijzonders opgemerkt?'
Witte Gijssie dacht even na.
'Er staat een koffertje op het peesbed.'
De Cock wuifde.
'Ga maar naar boven. We komen straks wel een verklaring van je opnemen.'
'Waarom? Kun je niet onthouden wat ik je tot nu toe verteld heb?'
De Cock glimlachte.
'Het is goed, Gijssie,' sprak hij sussend. 'En... eh, laat dat laken voorlopig nog maar hangen. Drie doden hebben een lange rouwtijd nodig.'
Het klonk cynisch.

De oude rechercheur duwde met zijn voet de deur van het peeskamertje verder open.
Op de vloer, naast het peesbed, lag op zijn rug een breedgeschouderde man met een zongebruind gelaat. Naast de rechterhand van de dode lag een groot model schroevendraaier. De donkerblonde haren van de man, iets grijzend aan de slapen, waren strak naar achteren gekamd. Zijn tong hing half uit zijn mond en zijn ogen waren wijd opengesperd. Het bood een gruwelijke aanblik.
De Cock knielde bij de dode neer. Dun, wit, tweesnoerig elektriciteitsdraad was diep in zijn hals gedrongen. Een uiteinde van de draad lag in een kleine bocht een paar centimeter boven de linkerschouder. Het andere einde liep achter het hoofd van de dode om. De moordenaar had zijn slachtoffer duidelijk van achteren benaderd en de draad over zijn hoofd getrokken.
De Cock kwam overeind. Getroffen door een golf van verbittering keek hij op de dode neer. Zijn blik gleed van het dode gezicht naar een klein bruin koffertje op het peesbed. Achter het koffertje lag opgevouwen een lichtgroene trenchcoat.
Bram van Wielingen kwam het kamertje binnen, zette zijn aluminiumkoffertje op de vloer en keek rond. In zijn ogen glansde verbazing.
'Wat is dit... een slachthuis?'
'Een voormalig peeskamertje van een hoer,' antwoordde De Cock laconiek. 'Meer niet.'
Bram van Wielingen keek hem vertwijfeld aan.
'Dit is toch van de week de derde?'
De Cock maakte een hulpeloos gebaar.
'Ik kan er niets aan doen.'
'Ben je al iets verder?'
De Cock schudde zijn hoofd.
'Geen steek.'
Bram van Wielingen keek zoekend om zich heen.
'Waar is Vledder?'
'Op Westgaarde. Naar de sectie van het vorige slachtoffer. Heb je hem daar niet ontmoet?'
Bram van Wielingen schudde zijn hoofd.
'Ben Kreuger is daar wel heen. Ik heb een jonge plaatsvervanger gestuurd... een leerling-fotograaf, die nog nooit een lijk voor zijn lens heeft gehad.'

De Cock grinnikte.
'Leuk voor die jongen.'
Bram van Wielingen negeerde de opmerking.
'Weet je inmiddels al wie die dode is?'
De Cock knikte.
'Albertus van Zoggel, een man met een rumoerig verleden en een groot strafblad.'
Bram van Wielingen wees naar de dode op de vloer.
'En weet je wie hij is?'
De Cock knikte opnieuw.
'Ene Charles van Milschot. Een charmante man. En de slechtste inbreker die ik ooit heb ontmoet. Ik heb gisteravond nog met hem gesproken. Als hij mij toen volledige opening van zaken had gegeven, dan had hij vermoedelijk nu nog geleefd.'
De oude rechercheur klemde zijn lippen opeen.
'Het ergste is, dat ik had gehoopt om via hem tot een oplossing te komen.'
Bram van Wielingen grijnsde.
'Misschien was de moordenaar daar wel bang voor.'
De Cock zuchtte diep.
'Naar mijn stellige overtuiging wist deze man waarom en door wie Albertus van Zoggel werd vermoord.'
Bram van Wielingen pakte zijn Hasselblad uit zijn aluminiumkoffertje en monteerde een flitslicht. Snel en met groot vakmanschap liet hij zijn camera het werk doen.
Plotseling liet hij zijn fraaie Hasselblad verwonderd zakken.
De Cock keek hem verrast aan.
'Wat is er?'
Bram van Wielingen wees.
'Die roestige pedaalemmer staat alweer op een andere plek.'

12

De Cock had moeie voeten.
Met een van pijn vertrokken gezicht tilde hij zijn benen omhoog en legde ze heel voorzichtig op zijn bureau. Het was daarbij alsof duizenden kleine duiveltjes met even zovele spelden in zijn kuiten prikten. Het was een slecht teken, wist hij. Telkens wanneer de zaken niet naar wens verliepen, wanneer hij het gevoel had steeds verder van de oplossing weg te drijven, kroop de vermoeidheid in zijn voeten en speelden geniepige duiveltjes hun sadistisch spel.
Wat hem het meest benauwde, was het onheilspellende gevoel dat het nog niet was afgelopen, dat er nog meerdere soortgelijke moorden zouden worden gepleegd. Hoewel hij het rationeel niet kon onderbouwen, bleef dat gevoel hem beheersen.
Vledder keek hem bezorgd aan. Hij kende het beruchte kwaaltje van zijn oudere collega.
'Is het weer zover?'
De Cock knikte.
'Het is psychisch, zegt Jan van Keulen.'
'Wie is Jan van Keulen?'
'Mijn huisarts. Ik heb uitgelegd wanneer ik die pijn voel. Volgens hem vormen mijn voeten een soort barometer, die de stand van het onderzoek aangeeft.' Hij grijnsde. 'En dat is niet bepaald zonnig.'
Met duim en wijsvinger kneep De Cock even stevig in zijn kuiten. Soms hielp het. Hij keek op.
'Hoe was de herkenning op Westgaarde?'
'Rustig. Dokter Rusteloos had de uitstekende tong van Albertus van Zoggel weggewerkt. Het slachtoffer lag er redelijk ontspannen bij... niet zo gruwelijk meer.'
'En moeder Van Zoggel?'
Vledder glimlachte.
'Ze gedroeg zich heel dapper... leek onbewogen. Maar plotseling boog ze zich ver naar hem toe tot pal bij zijn oor. Ik was bang dat ze hem zou aanraken... omhelzen. Maar dat deed ze niet. Ze fluisterde heel zacht... alsof het alleen voor hem bestemd was: rotjoch, ik had je voorspeld dat het zo zou aflopen.'
De Cock staarde even peinzend voor zich uit. Hij had in zijn lange

rechercheleven veel moeders van slechte zonen ontmoet en hun verdriet geproefd.
'Hoe heb je het vervoer geregeld?' vroeg hij na een poosje.
'Met Ben Kreuger. Toen ik hem de naam van het slachtoffer noemde, heeft hij met het hoofdbureau gebeld. De vingerafdrukken van Albertus van Zoggel zaten al in de collectie. Hij heeft moeder Van Zoggel en Sylvia van Rosmalen naar huis gebracht. De dactyloscoop had nog plaats genoeg in zijn wagen.'
'Leverde de sectie nog bijzonderheden?'
Vledder schudde zijn hoofd.
'Het gebruikelijke beeld bij een verwurging,' antwoordde hij achteloos. 'Volgens dokter Rusteloos zou Albertus van Zoggel toch niet oud zijn geworden. Hij had een ernstige hartafwijking.'
De Cock glimlachte.
'Dat wist zijn moordenaar niet.'
De oude rechercheur wreef nog eens over zijn pijnlijke kuiten. 'Ik was vanmorgen diep teleurgesteld toen ik in het voormalige peeskamertje van Charmaine Dupuitrain het lijk van Charles van Milschot aantrof.'
Vledder knikte.
'Dat begrijp ik.'
De Cock trok zijn gezicht strak.
'Dat was het laatste wat ik had verwacht. Ik had gehoopt juist via hem tot de oplossing van de moord op Albertus van Zoggel te komen.'
Vledder fronste zijn wenkbrauwen.
'Witte Gijssie had het over een stuk elektriciteitsdraad. Had Charles van Milschot ook een stuk elektriciteitsdraad om zijn nek?'
De Cock antwoordde niet direct. Voorzichtig tilde hij zijn benen van de punt van zijn bureau en liet ze zakken. De prikkende pijnscheuten trokken langzaam weg.
'Exact hetzelfde witte dunne elektriciteitsdraad. Ik heb nog overdacht of wij er iets mee konden doen... merk, fabrikaat. Maar dat draad komt zo veelvuldig voor dat het de moeite niet loont. In ieder geval dragen de beide moorden dezelfde signatuur... zijn beslist door dezelfde dader gepleegd.'
Vledder grinnikte vreugdeloos.
'Wat hadden die twee in dat kleine peeskamertje te zoeken?'
De Cock zuchtte.

'Dat heb ik mij ook afgevraagd. Waarom trok Charles van Milschot gisteravond naar hetzelfde kamertje waar Albertus van Zoggel werd vermoord? Ik heb het bed opzij gehaald, alle wanden afgeklopt, maar ik heb niets kunnen vinden.'
'Misschien heeft Sylvia van Rosmalen hem het kamertje op de Achterburgwal aangewezen?'
'Dat is een mogelijkheid. Maar dan nog blijft de vraag: wat hadden ze daar te zoeken?'
'Als wij gisteravond even sneller waren geweest,' sprak Vledder spijtig, '...iets eerder in De Rode Leeuw waren gekomen, dan hadden wij zijn dood wellicht nog kunnen voorkomen.'
De jonge rechercheur maakte een wrevelig gebaar.
'Ik vind die Charles van Milschot toch een vreemde vent. Hij past er niet in.'
'Hoe bedoel je?'
'Zowel Albertus van Zoggel als de ons nog onbekende Hendrik Noorddijk heeft een crimineel verleden. Van Charles van Milschot is ons dat niet gebleken. Hij leek mij ook een man van een ander kaliber... een andere afkomst... uit een ander milieu. Hij had een beschaafd taalgebruik.'
De Cock glimlachte.
'Met Albertus van Zoggel hebben wij nog nooit gesproken en Hendrik Noorddijk kennen we nog niet.' Hij gniffelde. 'Van Charles van Milschot vermeldt mijn conduitestaat: de slechtste inbreker die ik in mijn hele carrière heb ontmoet.'
Vledder keek hem niet-begrijpend aan.
'Inbreker?'
De Cock knikte.
'De wijze waarop hij met een groot model schroevendraaier de gammele deur van het peeskamertje had geforceerd getuigt niet van vakmanschap. De sponningen waren totaal versplinterd.'
Vledder sloeg zijn rechterhand voor zijn mond.
'Ik heb wat vergeten.'
De jonge rechercheur trok een klein model breekijzer en een koperen houdertje met uitschuifbaar een keur van stalen sleutelbaarden.
'Dat had Albertus van Zoggel bij zich. Dat breekijzertje stak heel geraffineerd in een hoesje aan de binnenzijde van zijn broekspijp.'
De Cock boog zich vooroveren greep de koperen houder van het bureau van Vledder. Hij bekeek hem met een glimlach.

'Dit komt mij bekend voor.'
Vledder lachte.
'Het is precies zo'n ding als dat apparaatje dat jij lang geleden van jouw vriend en ex-inbreker Handige Henkie hebt gekregen.'
De Cock legde de houder voor zich neer.
'Vroeger had vrijwel iedere vakman-inbreker zo'n apparaatje op zak. Het behoorde met een breekijzertje tot hun vaste uitrusting.'
Vledder keek hem onderzoekend aan.
'Jij schat Albertus van Zoggel op een vakman-inbreker?'
De Cock knikte.
'We hebben de vorige keer geen spoor van braak gevonden. De vondst van dit apparaatje lost de moord op Charmaine Dupuitrain volledig op. Albertus van Zoggel zal er de deur van haar peeskamertje mee hebben geopend en eenmaal binnen werd hij door haar verrast.'
'Ze begon te gillen...'
De Cock knikte.
'...en werd een ongewild slachtoffer.'

Ze reden met hun Golf van de steiger achter het bureau weg. Het regende weer een beetje, vies, miezerig. De Cock grijnsde. 'O land van mest en mist,' declameerde hij, 'van vuile koude regen, doorsijpeld stukske grond, vol kille...'
Vledder onderbrak hem.
'Waarom wil je weer naar de Lindengracht?'
De Cock drong het vers van De Genestet uit zijn gedachten.
'Ik wil zien,' formuleerde hij voorzichtig, 'hoe moeder Van Zoggel en ook hoe Sylvia van Rosmalen op de dood van Charles van Milschot reageren... hoe het afscheid bij De Rode Leeuw verliep... of Sylvia van Rosmalen inderdaad het kamertje op de Achterburgwal aan Charles van Milschot heeft gewezen.'
'Dat zal weinig nieuws brengen.'
De Cock trok zijn schouders op.
'Misschien ligt bij die twee de sleutel tot Hendrik Noorddijk. Hij is volgens mij nog de enige die het motief van de moorden kan verklaren.'
'En de identiteit van de vierde man kent.'
De Cock knikte.
'Waar ligt het verband tussen het rendez-vous in Amsterdam en

het vunzige peeskamertje van Charmaine Dupuitrain?' De oude rechercheur maakte een theatraal gebaar. 'Jij mag het zeggen.'
Vledder schonk hem een moede glimlach.
'Ik weet het niet,' reageerde hij timide. 'Ik begrijp er nog niets van. En wij komen ook geen steek verder. Mijn naspeuringen hebben tot nu toe niets opgeleverd. Ik heb stad en land afgebeld. Hij heeft een strafblad, maar verder weet niemand iets van Hendrik Noorddijk. Ook Charles van Milschot blijft een duister boek.' Hij zweeg even. 'Zat er nog wat in dat valies?'
De Cock grinnikte.
'Een slordig opgevouwen pyjama... een catalogus met ringen, armbanden, halskettingen en oorbellen en een halfvolle fles whisky.'
'Van welke firma was de catalogus?'
De Cock trok zijn schouders op.
'Het schutblad ontbrak.'

In de kleine huiskamer aan de Lindengracht zaten ze met z'n vieren aan tafel. Vledder was tegenover Sylvia van Rosmalen gaan zitten en De Cock tegenover mevrouw Van Zoggel. De vaas met bloemen was door de oude rechercheur van de tafel naar het dressoir verhuisd. Het belemmerde zijn uitzicht op mevrouw Van Zoggel. Op haar lief rond gezicht ontdekte hij een trek van verbazing.
'Ik heb in zo'n korte tijd nog nooit zoveel politie over huis gehad,' sprak ze verward. 'Ik dacht dat ik het na vanmorgen wel had gehad.'
De Cock glimlachte.
'Ik heb van mijn collega gehoord dat u zich vanmorgen voorbeeldig heeft gedragen.'
Mevrouw Van Zoggel trok haar schouders iets op.
'De dood van Bertus zegt mij niet zoveel,' sprak ze bitter. 'Voor mij was hij al jaren geleden gestorven.'
Ze zweeg even en streek met haar hand over het pluchen tafelkleed. 'Wanneer wordt hij begraven?'
'Morgen of overmorgen.'
'Waar?'
'Dat weet ik nog niet.'
Mevrouw Van Zoggel schudde haar hoofd.
'Niet op Sint Barbara,' sprak ze vinnig. 'Dat sta ik niet toe.'

De Cock hield zijn hoofd iets schuin.
'Waarom niet op Sint Barbara?'
'Daar ligt mijn man. Ik wil niet dat die twee dicht bij elkaar komen.'
De Cock zuchtte diep. Hij wist niet precies hoe hij op het gedrag van de vrouw moest reageren.
'Ik denk niet,' formuleerde hij voorzichtig, 'dat u erg geïnteresseerd bent in de vraag wie uw zoon Bertus heeft vermoord? Maar het is wel onze taak om die moordenaar te vinden.'
De oude rechercheur boog zich iets naar haar toe.
'En ik hoop oprecht dat u bereid bent om ons daarbij te helpen.'
Mevrouw Van Zoggel keek hem strak aan. De kraaienpootjes bij haar ooghoeken werden scherper.
'Hoe?'
De Cock ging niet op haar vraag in. Hij wendde zich tot Sylvia van Rosmalen.
'U bent gisteren met Charles van Milschot de stad ingegaan?'
'Ja.'
'Waar zijn jullie geweest?'
Sylvia keek hem verrast aan.
'Waarom wilt u dat weten?'
De Cock glimlachte.
'Mijn oude moeder zei altijd,' sprak hij vriendelijk, 'dat het niet netjes was om een vraag met een wedervraag te beantwoorden. Maar ik beloof u dat u een antwoord op uw vraag krijgt... later.'
Sylvia trok een grijns.
'Charles van Milschot en ik zijn gaan wandelen. Via de Brouwersgracht en de Herenmarkt naar de Haarlemmerstraat. Daar hebben we in een shoarmatent wat gegeten. Ik had honger. Daarna zijn we verder gewandeld naar De Rode Leeuw aan het Damrak. Op het terras hebben we wat gedronken. Het was gezellig. Ik was echt even mijn verdriet vergeten. Charles van Milschot is een charmante man. Bijna vaderlijk.'
De Cock knikte begrijpend.
'Waarom bestelde hij een taxi voor u?'
Sylvia keek hem met grote ogen aan.
'Hoe weet u dat?'
De Cock plukte aan het puntje van zijn neus.
'U maakt weer dezelfde fout... een vraag met een wedervraag beantwoorden.'

Sylvia schudde haar hoofd.
'Het is toch niet zo gek dat ik u die vraag stel? Het lijkt net alsof u mijn gangen nagaat... of... eh, of u mij bespioneert.'
De Cock schudde zijn hoofd.
'Ik wil alleen van u weten waarom hij een taxi voor u bestelde.'
Sylvia gebaarde in zijn richting.
'Charles van Milschot zei dat hij afscheid van mij moest nemen. Hij had nog een afspraak.'
'Met wie?'
Sylvia schudde haar hoofd.
'Dat heeft hij niet gezegd en ik heb hem dat ook niet gevraagd. Hij zei alleen dat hij het onverantwoord vond om mij alleen naar de Lindengracht te laten gaan. Vandaar die taxi.'
De Cock wreef met zijn pink over de rug van zijn neus.
'U bent niet met hem op de Achterburgwal geweest?'
Sylvia grinnikte.
'Wat moet ik daar zoeken?'
De Cock maakte een hulpeloos gebaar.
'De plek aanwijzen waar Albertus van Zoggel de dood vond?'
'Wat heeft Charles van Milschot met de dood van Bertus te maken?'
'Was hij niet geïnteresseerd?'
Sylvia zuchtte.
'We hebben helemaal niet over die moord gesproken. Hij vroeg mij alleen of Bertus mij wel eens juwelen had geschonken.'
'En?'
Sylvia maakte een wrevelig gebaar.
'Ik heb wel eens wat van Bertus gehad.'
'Kostbaarheden?'
Sylvia grijnsde.
'Ik weet het,' sprak ze vermoeid, *'diamonds are a girl's best friend*. Maar ik interesseer mij niet voor sieraden. Ze spreken mij niet aan. Integendeel, ik vind ze lastig. Je moet er maar op passen.'
De uitdrukking op haar gezicht veranderde plotseling. Ze trok haar lippen strak. Haar houding van welwillendheid verdween.
'Wat wilt u van mij?' riep ze fel geëmotioneerd. 'Ik ben niet schuldig aan de dood van Bertus. In geen enkel opzicht. Ik hield van die man. Ik was bereid om alles voor hem te doen.'

De Cock liet zijn hoofd iets zakken.
'Charles van Milschot is dood,' sprak hij somber.
Sylvia keek hem verbijsterd aan.
'Dood?'
De Cock knikte.
'Terwijl jullie met mijn collega op Westgaarde waren voor de herkenning, vond ik hem met een eind elektriciteitsdraad om zijn nek.'
'Ook vermoord?'
De Cock knikte instemmend.
Sylvia zag, ondanks haar make-up, plotseling lijkbleek. Haar lippen trilden.
'Waar... waar gebeurde het?' vroeg ze hakkelend.
De Cock zuchtte.
'In hetzelfde kamertje op de Achterburgwal waar Albertus van Zoggel de dood vond.'

Ze reden met hun Golf van de Lindengracht weg. Het regende nog steeds. Druppels kleefden vettig aan de voorruit. Vledder zette met een somber gezicht de ruitenwissers aan.
'Ik heb het je toch gezegd,' sprak hij nors, 'dat het bezoek aan de Lindengracht weinig nieuws zou brengen.'
De Cock tuitte zijn lippen.
'We weten dat Sylvia van Rosmalen het kamertje aan de Achterburgwal niet heeft aangewezen. Verder ben ik toch blij met dat adres.'
Vledder grinnikte vreugdeloos.
'Dat oude adres van de ouders van Hendrik Noorddijk in Den Haag.'
De Cock knikte.
'Misschien brengt het ons verder. Oudere mensen verhuizen niet zo vaak.'
Vledder grinnikte opnieuw.
'Dat adres stamt nog uit de tijd dat vader en moeder Van Zoggel tevergeefs probeerden om hun zoon Bertus op het rechte pad te houden en zij Hendrik Noorddijk geen goede vriend voor hem vonden. Het verbaasde mij dat mevrouw Van Zoggel dat adres nog wist.'
De Cock plukte een notitie uit het borstzakje van zijn colbert. 'De

Schalkburgerstraat duizendzevenentwintig. Pal bij het Zuiderpark.'
'Zou de politie in Den Haag er iets mee kunnen doen?'
De Cock blikte opzij.
'Heb je nog genoeg benzine?'
'Waarvoor?'
'Voor een rit naar Den Haag?'
'Wat wil je dan?'
De Cock stak zijn kin iets vooruit.
'We gaan zelf op pad.'
'Weet je de weg in Den Haag?'
De Cock schudde zijn hoofd.
'Ik verdwaal er altijd.'

Het duurde meer dan een uur voordat ze al dwalend door de eindeloze Haagse lanen eindelijk de Schalkburgerstraat hadden bereikt. Vledder vond met veel moeite een plaatsje om de Golf te parkeren. Ze stapten uit en gingen wat nerveus op zoek naar nummer 1027. Toen ze bij het nummer waren gekomen, zochten ze tevergeefs naar een naambordje.
De Cock belde aan en wachtte gespannen af. Na enige minuten werd de deur geopend door een oude man met lang grijs haar. Het reikte golvend tot op zijn schouders. De Cock schatte hem op rond de zeventig jaar. Hij droeg een zwarte trui boven een groene slobberbroek. Zijn voeten staken in pantoffels.
De oude rechercheur nam beleefd zijn hoedje af.
'Mijn naam is De Cock,' sprak hij vriendelijk. 'De Cock met ceeoooceeka.' Hij duimde opzij. 'Dat is mijn collega Vledder. We komen uit Amsterdam. We zijn beiden als rechercheur verbonden aan het politiebureau in de Warmoesstraat.'
De man keek argwanend van De Cock naar Vledder en terug.
'Recherche... uit Amsterdam?'
De Cock knikte.
'Wij zijn op zoek naar de familie Noorddijk.'
De oude man tikte met een kromme vinger op zijn borst.
'Ik ben Hendrik Noorddijk,' sprak hij nors. 'Wat moeten jullie van me?'
De Cock bracht zijn beminnelijkste glimlach.
'Van u... niets. We wilden graag in contact komen met een sterk

verjongde uitgave van u... ik bedoel een jongere Hendrik Noorddijk.'
'Mijn zoon?'
'U heeft een zoon Hendrik?'
'Zeker.'
'Weet u waar wij hem kunnen vinden?'
De oude man knikte.
'Dat weet ik.'
'Mogen we zijn adres van u?'
De oude man keek De Cock aan. Hij trok zijn neus iets op en het vuur in zijn ogen flikkerde kwaadaardig.
'Je denkt toch niet,' sprak hij minachtend, 'dat ik mijn eigen zoon aan de politie uitlever?'

13

Voordat de oude man de deur voor zijn neus dichtmepte, hield De Cock zijn voet bij de drempel. Het was een wanhoopsdaad om het contact met hem niet te verliezen. De oude man deinsde achteruit.
'Dat mag u niet doen,' riep hij geschrokken. 'Dat mag u niet doen. Dat is...'
De Cock deed een pas naar voren, pakte de oude man bij zijn zwarte trui vast en trok hem naar zich toe. Het gezicht van de oude man was dichtbij. De Cock las angst in zijn ogen.
'Wat wilt u,' vroeg hij bars, 'een dode zoon?'
De oude man bibberde.
'Een dode zoon?' herhaalde hij beverig.
De Cock liet de oude man los.
'Dat zei ik,' sprak hij kalm, 'een dode zoon.'
De grijze speurder hield de oude man strak in zijn blik gevangen... gunde hem geen mogelijkheid tot een vlucht.
'Laten we binnen rustig met elkaar praten,' ging hij overtuigend verder, 'dan leg ik u alles uit.'
De oude man aarzelde even. Daarna draaide hij zich langzaam om en ging de rechercheurs voor naar een rommelig ingerichte woonkamer. Er waren scheefhangende platen en schilderijen aan de wanden. De vitrage voor de ramen was vergeeld. Er zaten gaten in het tapijt en hier en daar lag wat gereedschap.
De Cock keek om zich heen.
'Waar is uw vrouw?'
De oude man schudde zijn hoofd.
'Die is niet meer. Ze is twee jaar geleden gestorven. Ik woon hier moederziel alleen.'
De Cock nam plaats in een oude fauteuil, waarvan de bekleding was verschoten. Vledder posteerde zich achter hem. De oude man ging tegenover hen zitten. Hij was iets rustiger. Niet meer zo gespannen. Vermoeid gebaarde hij om zich heen.
'Kijk maar niet naar de rommel,' sprak hij zacht. 'Ik ben niet zo goed in het huishouden. En ik wil geen hulp. Mijn herinneringen aan mijn vrouw verdragen dat niet. Ik kook mijn eigen potje.'
De Cock glimlachte.
'Knap.'

De oude man zuchtte.
'Het was wel even wennen in het begin. Ik had nog nooit in de keuken gestaan... kon zelfs geen ei bakken.' Hij bewoog zijn hoofd naar rechts. 'Buurvrouw van hiernaast heeft mij een paar dingen voorgedaan. Nu doe ik het aardig... vind ik zelf.'
De Cock boog zich iets naar hem toe.
'Vader Noorddijk,' sprak hij ernstig, 'ik zal volkomen openhartig tegen u zijn. Daar hebt u recht op. Daarna is de keuze aan u.'
De oude man grijnsde.
'Om mijn zoon aan u uit te leveren?'
De Cock schudde zijn hoofd.
'Ik wil dat woord uitleveren niet meer horen,' sprak hij afkeurend. 'Er loopt in ons land geen verzoek tot opsporing. Uw zoon wordt niet door de politie gezocht. Van uit-le-ve-ren is geen sprake.'
'Wat wilt u dan van hem?'
De Cock strekte zijn vinger naar vader Noorddijk uit.
'Uw zoon heeft een uitgebreid strafblad... een reeks van vermogensdelicten, die zeven jaar geleden plotseling eindigde. Als ik goed ben geïnformeerd, is hij toen naar Spanje gevlucht.'
De oude man knikte.
'Dat klopt. Hij wilde weg. Het werd hem hier te heet onder zijn voeten.'
'Verwachtte hij gearresteerd te worden?'
Vader Noorddijk schudde zijn hoofd.
'Hij wilde stoppen voor het zover kwam... voordat de politie voldoende bewijzen tegen hem had. Hij zei tegen mij: "Pa, op een dag gaat het verkeerd".'
'Waarmee?'
De oude man trok zijn schouders op.
'Hendrik was nooit zo mededeelzaam. En eerlijk gezegd wilde ik niet graag weten wat hij deed. Wat niet weet, wat niet deert. Daarom vroeg ik nooit iets.'
De Cock knikte begrijpend.
'Uw zoon was bevriend met Albertus van Zoggel.'
De oude man trok een droevig gezicht.
'Die heeft hem op het slechte pad geholpen... nam hem mee op strooptochten door het hele land. Ik begrijp nog niet hoe die Bertus zoveel invloed op onze Hendrik kreeg. Mijn vrouw en ik hebben er werkelijk van alles aan gedaan om die twee uit elkaar te houden.

Ook de ouders van Bertus waren best aardige mensen. Ze hebben altijd meegewerkt.'
'Het lukte niet?'
'Nee.'
De Cock pauzeerde even.
'Bertus is dood.'
De oude man schrok zichtbaar.
'Dood?' herhaalde hij.
De Cock knikte.
'We vonden hem een paar dagen geleden in Amsterdam met een stuk elektriciteitsdraad om zijn nek. Op een brute wijze gewurgd.'
De Cock pauzeerde opnieuw... voor het effect.
'Ik zou het als rechercheur,' ging hij na enkele seconden gedragen verder, 'een schande vinden... en ik zou het mij ook persoonlijk aanrekenen... als uw zoon Hendrik datzelfde lot onderging.'
Vader Noorddijk keek hem met open mond aan.
'Is daar kans toe?' vroeg hij bezorgd.
De Cock trok zijn gezicht in een ernstige plooi en knikte nadrukkelijk.
'Albertus van Zoggel, ene Charles van Milschot, uw zoon Hendrik en nog een vierde man, die ik niet ken, hadden dit jaar een rendez-vous gepland in Amsterdam. Ik beken het u eerlijk... de reden van het rendez-vous ken ik niet... maar inmiddels is ook die Charles van Milschot vermoord en ik ben bang dat uw zoon Hendrik het derde slachtoffer wordt.'
De oude stak vertwijfeld zijn armen omhoog.
'Waarom?'
De Cock knikte.
'Juist,' verzuchtte hij, 'waarom? Ik ben geen helderziende, pa Noorddijk. Ik beschik niet over paranormale gaven. Ik ben een simpele rechercheur, die gewoon probeert om zijn werk zo goed mogelijk te doen... met aardse middelen.'
Vader Noorddijk keek hem verward aan.
'Ze kunnen die jongen toch niet zomaar afmaken?'
In zijn stem vibreerde paniek.
De Cock negeerde de opmerking.
'Ik ben ervan overtuigd,' ging hij verder, 'dat uw zoon het waarom wel kent en weet wie Albertus van Zoggel en die Charles van Milschot doodde.'

Vader Noorddijk spreidde zijn armen.
'Wat moet die jongen doen?'
De Cock vouwde zijn handen en strekte zijn armen in de richting van de oude man.
'Laat uw zoon zich zo gauw mogelijk met mij in Amsterdam in verbinding stellen. Ik heb zijn hulp nodig en zeg hem, dat ik vermoedelijk de enige man ben die hem van een zekere wurgdood kan redden. Een man of een vrouw die twee moorden heeft gepleegd... deinst voor een derde moord niet terug.'

Ze reden met hun Golf over de A4 van Den Haag naar Amsterdam terug. Het was razend druk op de snelweg. Het spitsuur was in volle gang. Het gedrag van sommige weggebruikers leek op dat van bezoekers aan een kermisattractie met botsautootjes. Wagens passeerden hen links en rechts en zo nu en dan liep de zaak met piepende remmen muurvast.
Vledder zat gespannen achter het stuur.
'Je had absoluut gelijk om zelf naar Den Haag op onderzoek te gaan. Het was anders echt niets geworden. Voor een Haagse rechercheur met minder interesse in de zaak dan wij, had die oude man de deur van zijn woning beslist dichtgesmeten.'
De Cock gniffelde.
'Ik verwachtte het min of meer. Daarom had ik er op tijd mijn voet tussen.'
Vledder schudde zijn hoofd.
'Het was achteraf toch geen onaardige man.'
De Cock glimlachte.
'Zelfs aardige mensen zijn niet altijd bereid om ons te helpen.'
Vledder keek even opzij.
'Denk je dat het gesprek van vanmiddag wat oplevert?'
De Cock ademde diep.
'Ik... eh, ik dacht,' antwoordde hij voorzichtig, 'dat ik overtuigend genoeg ben geweest. Ik geloof ook in mijn argumenten.'
'Jij denkt dat Hendrik Noorddijk werkelijk gevaar loopt om te worden gewurgd?'
De Cock knikte.
'Als ik het goed zie, dan is een van de vier rendez-vous-gangers opgewekt bezig de andere drie uit de weg te ruimen.'
Vledder staarde voor zich uit.

'In theorie kan dat ook Hendrik Noorddijk zijn.'
De Cock keek zijn jonge collega bewonderend aan.
'Heel goed. Ik sluit hem ook niet uit. Die oude Noorddijk schijnt nog veelvuldig contact met zijn zoon te hebben. Ik ben ook benieuwd hoe zoonlief op de berichten van zijn vader reageert.'
'Als hij niet reageert?'
'Dan is hij vermoedelijk de dader en verkeert de vierde man, die wij niet kennen, in levensgevaar.'
Vledder klapte zijn vuist een paar maal op de rand van zijn stuur.
'Allemachtig,' riep hij opgewonden, 'wat een rotzaak. Hoe komen we hier ooit uit?'
De Cock antwoordde niet.
'Ik heb Gerard van Kastelen van ons lijstje van verdachten geschrapt.'
Vledder reageerde verwonderd.
'Waarom?'
De Cock schoof zijn onderlip vooruit.
'Als hij min of meer getuige was geweest van de moord op Charmaine Dupuitrain, dan had hij voor de moord op Albertus van Zoggel een motief... wraak omdat hij een mogelijke geldwinning kwijt was. Maar nu Charles van Milschot op dezelfde wijze stierf, kan ik in hem niet langer een verdachte zien.'
'Jammer.'
De Cock lachte.
'Dat, Dick... moet je afleren.'
Ze reden een tijdje zwijgend voort. De oude rechercheur keek met gemengde gevoelens om zich heen naar het voortrazende verkeer. Bij Schiphol bezag hij vanaf de weg het landen en opstijgen van enorme viermotorige vliegtuigen. Het was hem een gruwel. Naar zijn gevoel was hij te laat geboren. Hij hoorde niet thuis in deze woelige eeuw. Zijn gemoed kende nog de rust en de waardigheid van de trekschuit en de diligence.
Hij keek opzij.
'Weet je, Dick, wat wij in Amsterdam gaan doen... nog voor wij teruggaan naar de kit?'
Om de mond van Vledder gleed een glimlach.
'Smalle Lowietje.'
De Cock lachte vrolijk.
'Je mag nooit meer raden.'

Smalle Lowietje schudde De Cock hartelijk de hand en gniffelde.
'Soms zie ik u in weken niet en ineens lijkt het alsof u een frequent bezoeker van mijn dierbaar etablissement bent geworden.'
De Cock glimlachte.
'Ik denk, Lowie, dat ik jou zelfs vanuit de hemel zou bezoeken.'
Smalle Lowietje keek hem verschrikt aan.
'Liever niet. Ik ben bang voor geesten. Ik zie u liever als man van vlees en bloed.'
De Cock schuifelde naar het einde van de bar en hees zijn negentig kilo op een kruk. Vledder nam naast hem plaats.
Smalle Lowietje schoof achter de bar.
'Hetzelfde recept?'
De Cock wist dat er geen antwoord van hem werd verwacht en zweeg.
De tengere caféhouder dook aalglad onder de toonbank en kwam glunderend te voorschijn met een fles verrukkelijke cognac Napoleon. Daarna schoof hij drie diepbolle glazen bij. Smalle Lowietje dronk uit eerbied voor de grijze speurder altijd een glaasje mee.
'Wat een consternatie hier verder op de gracht,' riep hij terwijl hij klokkend inschonk. 'Drie doden in een klein peeskamertje. Ongelooflijk. Zit er al een beetje schot in de zaak?'
De Cock schudde zijn hoofd.
'Weinig. Ik moet je eerlijk bekennen dat ik er nog niets van begrijp.'
Smalle Lowietje boog zich iets naar hem toe.
'Een van de slachtoffers was toch Haagse Bertus?'
De Cock knikte.
'Albertus van Zoggel.'
Smalle Lowietje boog zich nog verder over de bar.
'Ik heb horen vertellen,' fluisterde hij, 'dat Haagse Bertus en zijn kornuiten jaren geleden een paar grote klappers hebben gemaakt.'
De Cock nam een slok van zijn cognac.
'Kende jij Haagse Bertus?'
Smalle Lowietje trok zijn schouders iets op.
'Niet zo best. Hij heeft hier bij mij wel eens aan de bar gezeten. Maar ik heb nooit zaken met hem gedaan. Ik vond hem een beetje klef.'
De Cock knikte begrijpend.
'Ken jij nog mensen die wel zaken met hem deden?'
Smalle Lowietje schudde zijn hoofd.

'Hij was hier bij de Amsterdamse penoze niet zo getapt. Te veel Haagse bluf.'
De Cock glimlachte.
'Bluf... daar weten ze hier in Amsterdam ook wat van.' Hij zweeg even. 'Ken... eh, ken jij ene Hendrik Noorddijk?'
Smalle Lowietje fronste zijn wenkbrauwen.
'Weet je geen bijnaam?'
De Cock schudde zijn hoofd.
'Hij kwam ook uit Den Haag... was vroeger een vriend van Haagse Bertus.'
'Zegt mij niets.'
De Cock nam nog een slok van zijn cognac en wees naar zijn lege glas.
'Schenk nog eens in, Lowie.'
De tengere caféhouder gehoorzaamde met de welwillendheid van een kastelein.
'Ik heb pas weer een klein voorraadje gekregen. Speciaal voor u.'
De Cock streek met de toppen van zijn vingers over zijn voorhoofd. 'Je zei dat er wordt gefluisterd dat Haagse Bertus en zijn kornuiten jaren geleden een paar grote klappers hebben gemaakt. Wordt er ook bij gezegd wat voor klappers dat waren?'
Smalle Lowietje grijnsde.
'Ik denk juwelen.'
De Cock keek hem schattend aan.
'Waarom juwelen?'
Smalle Lowietje grinnikte.
'Omdat ook Juwelen Charles het loodje heeft gelegd.'
De Cock reageerde verrast.
'Juwelen Charles?'
Smalle Lowietje knikte.
'Die is toch ook gewurgd gevonden?'
De Cock kneep zijn wenkbrauwen bijeen.
'Kende jij Juwelen Charles?'
Smalle Lowietje knikte opnieuw.
'Handelde in juwelen... was vertegenwoordiger. Maar je kon ook alles aan hem kwijt... foks.'

Ze slenterden traag langs de Wallen terug naar de Warmoesstraat. Het regende niet meer. Maar het donkere weer bracht een vroege

schemering. Het leger van behoeftigen schoof keurend en hijgend langs de roze etalages. De blik van De Cock gleed langs de gezichten. Hij herkende niemand.
Vledder blikte opzij.
'Wat is foks?'
De Cock glimlachte.
'Bargoens voor goud. Juwelendieven verhandelen hun gestolen juwelen liever niet in de oorspronkelijke vorm. Dat brengt risico's met zich mee voor herkenning van de sieraden. En sieraden die gemakkelijk te herkennen zijn worden moeilijk verhandeld.'
'Wat doen ze dan?'
De Cock gebaarde.
'Om herkenning te voorkomen breken ze de edelstenen uit hun zettingen en smelten het goud om. Dat goud wordt door de penoze foks genoemd.'
Vledder keek hem ongelovig aan.
'Dat is toch een geweldige waardevermindering?'
De Cock knikte.
'Dat neemt men voor lief.'
Vledder snoof.
'En in dat omgesmolten goud, dat foks, handelde onze Charles van Milschot.'
De Cock plukte aan het puntje van zijn neus.
'Ik ga er gemakshalve maar van uit,' sprak hij lachend, 'dat Charles van Milschot en Juwelen Charles een en dezelfde man zijn.'
Vledder knikte.
'Gezien de catalogus van sieraden in zijn valies lijkt mij dat terecht.'
De Cock zuchtte.
'Jammer dat Smalle Lowietje niet wist welke firma hij vertegenwoordigde.'
'Waarom wil je dat weten?'
De Cock grijnsde.
'Ik zoek naar een verband tussen Charles van Milschot en de andere drie van het rendez-vous.'
Vledder lachte.
'Dat lijkt mij niet zo moeilijk. De anderen stalen juwelen en Charles van Milschot kocht het... eh, het foks.'
De Cock reageerde niet.

Via de Oude Kennissteeg en het Oudekerksplein sjokten ze naar de Warmoesstraat. Toen ze de hal van het politiebureau binnenstapten, riep Jan Kusters hen.
De Cock liep op hem toe.
'Wat is er?' vroeg hij wat knorrig.
De wachtcommandant nam een notitie van zijn bureau.
'Gijsbertus van Damme heeft gebeld.'
De Cock keek hem geschrokken aan.
'Witte Gijssie... er ligt toch niet weer een lijk in dat peeskamertje?'
Jan Kusters schudde zijn hoofd.
'Hij is overvallen.'
De Cock trok een vies gezicht.
'Overvallen?'
De wachtcommandant knikte.
'Iemand sloeg hem met een stuk ijzer op zijn hoofd.'
'Ernstig?'
Jan Kusters tuitte zijn lippen.
'Hij is niet opgenomen, hij zit thuis en wil bij jou aangifte doen.'

Witte Gijssie zag er belabberd uit. Hij zat ineengedoken in zijn fauteuil... nog bleker dan gewoonlijk. Rond zijn linkeroog waren blauwe verkleuringen van een fikse bloeduitstorting en de bult op zijn voorhoofd was zo groot als een ei. De Cock keek hem bezorgd aan.
'Ben je bij de eerste hulp geweest?'
Witte Gijssie schudde zijn hoofd.
'Dat lijkt mij niet nodig. Ik heb alleen koppijn, maar dat verdwijnt wel weer.'
De Cock ging tegenover hem in een fauteuil zitten en legde zijn hoedje op het tapijt.
'Ik zou de eerste dagen maar rustig aan doen,' sprak hij ernstig. 'Een verwaarloosde hersenschudding heeft vaak kwalijke gevolgen.'
Witte Gijssie grinnikte vreugdeloos.
'Ik had geen schijn van kans. Ik kwam het peeskamertje binnen om te kijken of ze de sponningen en het slot goed hadden gerepareerd en toen had ik die dreun op mijn kop al te pakken.'
De Cock grijnsde.
'Wees blij dat ze jou geen stuk elektriciteitsdraad om je nek hebben gedraaid.'

Witte Gijssie voelde aan zijn hals.
'Ik wil aangifte doen van mishandeling.'
De Cock knikte.
'Ik kom morgen wel even met een verklaring naar je toe om te ondertekenen.'
'Oké.'
'Weet je wie jou die dreun heeft verkocht?'
Witte Gijssie schudde zijn hoofd.
'Geen flauw idee.'
'Was het een vent?'
'Ja.'
'Heb je gezien hoe hij eruitzag?'
Witte Gijssie maakte een hulpeloos gebaar.
'Ik kan u geen signalement geven. Ik heb maar een flits van hem gezien.'
'En?'
'Het was een man met een snor.'

14

De beide rechercheurs slenterden opnieuw via de Wallen terug naar de kit. Het was minder druk. Het leger van behoeftigen was sterk geslonken. Schuld was een plensbui, die als een watergordijn uit de hemel zakte. De Cock trok de kraag van zijn regenjas omhoog en schoof zijn hoedje iets naar voren. Vledder sjokte met een somber gezicht naast hem voort.
'Een man met een snor,' mopperde hij. 'Daar zijn we mee begonnen.'
De Cock knikte.
'Maar die snor is dood.'
Vledder duimde over zijn schouder.
'Witte Gijssie.'
'Wat is daarmee?'
Vledder bromde.
'Ik was net op de gedachte gekomen dat hij voor ons een redelijke verdachte was.'
'Hoe?'
'Zowel voor de moord op Albertus van Zoggel en op Charles van Milschot had hij ruimschoots de gelegenheid. Het gebeurde in zijn eigen pand.'
De Cock glimlachte.
'En die gedachte laat je nu los?'
Vledder grinnikte.
'Je kunt er toch niet van uitgaan,' sprak hij hoofdschuddend, 'dat Witte Gijssie zichzelf zo'n dreun op zijn kanis heeft gegeven?'
De Cock maakte een grimas.
'Het blijft oppassen,' antwoordde hij ernstig. 'Ik ken tal van voorbeelden waarbij de daders zichzelf verwonden om de verdenking van hen af te wentelen.'
Vledder keek zijn oude mentor aan.
'Ken jij een motief voor Witte Gijssie?'
De Cock schudde zijn hoofd.
'Ik ken nog voor niemand een motief. Ik ga er voorlopig van uit, dat de man met de snor die Witte Gijssie een mep op zijn kanis gaf, ook verantwoordelijk is voor de moord op Haagse Bertus en Juwelen Charles.'

Vledder snoof.
'Maar voor die prachtige stelling,' sprak hij cynisch, 'heb je geen stuiver bewijs.'
De Cock schudde zijn hoofd.
'Dat heb ik ook niet. Het is gevoelsmatig.'
Vledder liet zijn hoofd zakken. Vette regendruppels kletterden in zijn nek.
'Wat een baaldag,' gromde hij nors. 'Het is vandaag een en al treurnis... het onderzoek en het weer.'
De Cock bezag de gelaatstrekken van zijn jonge collega.
'Je moet straks eens in de spiegel kijken. Je hebt een gezicht van oude lappen.'
'Ik voel mij belazerd. Er zit totaal geen schot in deze zaak.'
'In ons vak,' sprak De Cock bemoedigend, 'moet je tegenslagen kunnen verdragen, anders loop je gauw tegen een maagzweer op.'
Vledder mokte.
'Ik ga onmiddellijk naar huis.'
De Cock lachte vrijuit.
'We gaan eerst nog even langs de kit. Je weet nooit of er nieuwe ontwikkelingen zijn.'
Vledder stemde morrend in.
Toen ze de hal van het politiebureau binnenstapten, kwam Jan Kusters zwaaiend van zijn stoel omhoog.
De Cock liep op hem toe.
'Als je nog meer ellende hebt,' grinnikte hij, 'dan jaag je Vledder naar de psychiater.'
De wachtcommandant negeerde de opmerking. Hij wees omhoog.
'Er zit boven een man op je te wachten.'
'Wat voor een man?'
Jan Kusters trok zijn schouders op.
'Weet ik niet.'
'Naam?'
De wachtcommandant schudde zijn hoofd.
'Het spijt me... geen naam. Ik heb er wel naar gevraagd, maar hij wilde zijn naam niet noemen. Hij vroeg alleen naar jou.'
De Cock draaide zich met een ruk om. Opmerkelijk vief bestormde hij de twee stenen trappen.
Vledder volgde.
Op de tweede etage, op de bank voor de deur van de rechercheka-

mer, zat een man in een natte beige regenjas. De Cock schatte hem op voor in de veertig. Toen de oude rechercheur naderbij kwam, stond de man op. Met zijn lichtgroene ogen keek hij hem peilend aan.
'U bent rechercheur De Cock?'
De grijze speurder knikte.
'Met... eh, met ceeooceeka.'
De man trok zijn mond iets scheef.
'Ik ben Hendrik Noorddijk.'

In zijn zo typische slenterpas beende De Cock de grote recherchekamer op en neer. De oude rechercheur deed dat graag. Soms was zijn gedachtenwereld een flitsende chaotische warboel. Maar in de cadans van zijn tred lieten zijn denkbeelden zich gewillig ordenen. Een tintelend gevoel van nervositeit maakte zich van hem meester. Hij besefte ineens welke risico's hij liep. Alles moest vanavond goed gaan. Hij kon zich geen missers veroorloven.
Bij het bureau van Vledder bleef hij staan. Hij legde even zijn hand vertrouwelijk op de schouder van zijn jonge collega.
'Is de geluidsman van de televisie al gearriveerd?' vroeg hij vriendelijk.
Vledder knikte.
'Zit beneden in de kantine aan de koffie. Samen met Fred Prins en Appie Keizer.'
'Maakten onze collega's nog bezwaren?'
Vledder glimlachte.
'Integendeel. Die twee zijn altijd blij als ze aan ons slotoffensief mogen meedoen. Appie Keizer loopt weer in zijn outfit van boerenmannetje.'
'En Hendrik Noorddijk?'
Vledder gebaarde.
'Is door de televisieman geïnstrueerd. Hendrik Noorddijk krijgt een minuscuul microfoontje in de oksel van zijn rechterarm. Als de ander komt, dan moet hij die zoveel mogelijk rechts van hem houden. Anders komt het geluid niet goed door.'
De jonge rechercheur keek op.
'Krijgen we er geen last mee?'
'Waarmee?'
'Zo'n microfoontje en een zender?'

De Cock grijnsde.
'In de grote studio's waar ze televisie maken, gebruiken ze die zendertjes al jaar en dag.' De oude rechercheur grinnikte. 'En zal ik het dan niet mogen gebruiken om een meervoudige moordenaar te ontmaskeren?'
Vledder maakte een sussend gebaar.
'We zien wel waar het schip strandt.'
De Cock keek hem onderzoekend aan.
'Geen vertrouwen?'
Vledder trok een grijns.
'Zo bedoel ik het niet. Het is in het verleden vrijwel altijd goed gegaan.'
De Cock trok een denkrimpel in zijn voorhoofd.
'Heb je de tekst nog met hem doorgenomen?'
Vledder knikte.
'Hendrik Noorddijk zal in ieder geval aan de vierde man vragen waarom hij Haagse Bertus en Juwelen Charles om het leven bracht.'
De jonge rechercheur keek opnieuw omhoog.
'Loopt hij geen gevaar?'
'Je bedoelt Hendrik Noorddijk?'
'Ja.'
De Cock zuchtte.
'Dat is onvermijdelijk. Op straat kunnen we die twee vrij aardig volgen. In het peeskamertje wordt het moeilijker. Voor alle zekerheid heb ik Jaap Alberts, een jonge diender, bereid gevonden om in het peeskamertje onder het bed te gaan liggen. Als het moet kan hij onmiddellijk ingrijpen.'
'Die Jaap Alberts heeft ons toch al meer bijgestaan?'
De Cock knikte.
'Diverse malen. Ik zal er eens met commissaris Buitendam over praten. Ik zie in Jaap Alberts wel een toekomstige rechercheur.'
'Waarom heb je als ontmoetingspunt dat bronzen beeld van de Spaanschen Brabander op de Nieuwmarkt gekozen?'
De Cock glimlachte.
'Bij dat beeld, aan de rand van de Geldersekade, is het in de regel erg rustig. Dat komt het geluid ten goede. Bovendien loopt men vanaf de Nieuwmarkt via de Monnikenstraat snel naar het peeskamertje op de Achterburgwal.'

De oude rechercheur blikte op zijn horloge.
'Het wordt tijd. Trommel het spulletje bij elkaar en laat ze hun posities innemen.'
'Waar staan wij?'
'In ons observatiebusje. Dat heb ik op de Achterburgwal aan de wallekant tegenover het beruchte peeskamertje laten plaatsen.'
Vledder stond van achter zijn bureau op.
'Dan... eh, dan gaan we maar.'
Zijn stem trilde een beetje.

Het was aardedonker in de laadruimte van het kleine observatiebusje. De geluiden van de gracht drongen gedempt tot hen door. Door de kijkgaten was het beruchte peeskamertje met het witte laken voor het raam heel goed te zien.
De Cock scheen met zijn zaklantaarn even op zijn polshorloge. Er restten nog vijf minuten voor het moment van de afspraak. De oude rechercheur voelde hoe de spanning bezit van hem nam en de druk in zijn aderen opzwiepte. Hij hoopte vurig dat de vierde man op de lokroep van Hendrik Noorddijk zou reageren. Maar hij was er niet gerust op.
Hij keek nog eens op zijn horloge. De seconden vergleden traag.
De mobilofoon in de hand van Vledder begon te kraken. Het was de rustige stem van Appie Keizer: 'De ontmoeting bij het beeld van Bredero heeft plaatsgevonden. Ze praten nu met elkaar.'
Vledder stootte De Cock aan.
'Het beeld van Bredero?' vroeg hij niet-begrijpend.
De Cock knikte.
'*De Spaanschen Brabander*,' legde hij uit, 'is een stuk van Gerbrand Adriaanszoon Bredero... een Amsterdamse schrijver en dichter uit het einde van de zestiende en het begin van de zeventiende eeuw. Hij werd slechts drieëndertig jaar oud.'
De stem van Appie Keizer was terug.
'Ze lopen in de richting van de Monnikenstraat. Volgens de televisieman is het geluid uitstekend.'
De Cock ademde diep. Het pulseren van zijn hart tintelde in de toppen van zijn vingers.
'We moeten ze al snel in zicht krijgen,' zei hij.
'Wanneer grijpen we in?' vroeg Vledder.
'Als ze binnen zijn... als ze binnen zijn stapt de geluidsman bij ons

in het observatiebusje en dan kunnen we precies horen wat er in het peeskamertje gebeurt. Voor de bewijsvoering zou het mooi zijn als die vierde man probeerde om Hendrik Noorddijk in het peeskamertje te wurgen... zoals hij die anderen heeft gedaan.'
'Is dat geen uitlokking?'
De Cock gromde kwaadaardig.
'Larie.'
Vledder tuurde door een kijkgat en hijgde.
'Daar zijn ze. Hij heeft een snor... hij heeft een snor. Ik zie het van hier af duidelijk. Die vent met de snor maakt de deur open.'
'Dan heeft hij een sleutel... of een apparaatje.'
Vledder reageerde niet.
'Ze gaan naar binnen.'
Iemand bonsde met zijn vuist op een zijkant van het busje. De Cock schoof de laaddeur open en de geluidsman stapte in. Hij grinnikte vrolijk. 'Jullie hebben al een bekentenis. Het staat op de band.'
Ineens verstarde hij... verschoof de koptelefoon op zijn hoofd.
'Vlug... vlug. Er wordt om hulp geroepen.'
Vledder stormde het busje uit en rende naar de deur van het peeskamertje.
De Cock en de geluidsman volgden.
In het kamertje vochten drie mannen. Jaap Alberts nam de man met de snor in een wurgende houdgreep en drukte hem met een uiterste krachtsinspanning op de vloer.
Hendrik Noorddijk stond met verschrikte ogen tegen de muur en voelde aan zijn hals. Een stuk wit elektriciteitsdraad viel van zijn schouder op de grond.
Vledder knielde naast Jaap Alberts bij de man met de snor neer en keek in zijn gezicht. Met open mond blikte hij omhoog naar De Cock.
'Johan-Pieter Berkenhout.'
In zijn stem trilde verbazing.
De oude rechercheur knikte.
'Onze vierde man... De Shovel.'

15

De Cock deed de deur van zijn woning open. Op de stoep stond Vledder. De jonge rechercheur lachte wat verlegen. In zijn linkerhand bungelde een bos fraaie rode rozen.
'Voor jouw vrouw. Hoe langer ik jou ken... hoe meer ik haar ga bewonderen.'
De Cock kon het grapje wel waarderen. Lachend deed hij een stap opzij.
'Kom erin.'
'Zijn de anderen er al?'
De Cock knikte.
'Appie Keizer en Fred Prins zitten bij mijn vrouw en hebben het hoogste woord. Ik heb ook Jaap Alberts uitgenodigd. Ik vind dat hij zich in het peeskamertje kranig heeft gedragen.'
Ze stapten de woonkamer binnen. Mevrouw De Cock kwam onmiddellijk overeind en schudde Vledder ter begroeting de hand. Met een gebaartje van verrukking nam ze de rozen in ontvangst. Ze wuifde uitnodigend naar een diepe leren fauteuil.
'Ga zitten,' riep ze hartelijk. 'Ik hoef je niet aan de anderen voor te stellen.'
Vledder lachte.
'Dat geboefte ken ik.'
De Cock vatte de fles fijne cognac Napoleon, die hij speciaal voor dergelijke gelegenheden in voorraad hield, en vulde ruim de bodem van diepbolle, voorverwarmde glazen. Hij reikte die zijn vrienden aan. Daarna hield hij zijn glas omhoog.
'Op het duistere mysterie van het peeskamertje,' toostte hij lachend.
Nadat ze allen een slok hadden genomen, keek Fred Prins de oude rechercheur verwonderd aan.
'Wat hadden al die kerels in dat kamertje aan de Achterburgwal te zoeken?'
De Cock grijnsde.
'Een schat.'
Fred Prins grinnikte.
'Een schat?'
De Cock knikte.
'Een heuse schat. Luitjes van de technische dienst hebben vanmor-

gen de vloer van het peeskamertje opengebroken. Op het hoofdbureau zijn ze nu bezig om drie koffers met kostbare sieraden te sorteren. En op basis van oude aangiften en recherchelijsten probeert men de herkomst te achterhalen.'
Fred Prins spreidde zijn armen.
'Waar komt die schat vandaan?'
De Cock nam nog een slok van zijn cognac.
'Dat is een lang verhaal.'
Fred Prins knikte heftig.
'Ik wil het toch horen.'
De Cock zette zijn glas naast zich op een bijzettafeltje.
'Acht, negen jaar geleden,' begon hij op gedragen toon, 'maakten twee Haagse penozevrienden, Albertus van Zoggel en Hendrik Noorddijk, tijdens een van hun strooptochten door het land, min of meer bij toeval een forse partij sieraden buit.
Ze wisten niet goed wat ze met die sieraden moesten doen en deden navraag. Een oud lid van de Haagse penoze bracht het tweetal met hun buit in contact met ene Charles van Milschot, alias Juwelen Charles. Die raadde hen aan om de edelstenen uit hun zettingen te halen en de edele metalen om te smelten tot foks. Dat foks en de edelstenen konden ze aan hem verkopen. Van kostbare sieraden, waar veel vakmanschap aan is besteed, is het jammer om ze tot foks te verwerken; die hebben ze bewaard.'
De Cock glimlachte.
'Dat gebeurde,' ging hij verder, 'en vanaf dat moment werd Charles van Milschot heler van de sieraden die het tweetal buit maakte. Charles van Milschot was een bijzondere man... charmant, innemend, vriendelijk, intelligent en van goede komaf. Hij was vertegenwoordiger van enige groothandels in sieraden. Maar hij had een zwak. Charles van Milschot was een gokker... een verslaving die hem veel geld kostte.
Door zijn positie wist hij precies bij welke juwelier een begerenswaardige voorraad juwelen voorhanden was. Op voorwaarde dat hij een derde van de buit kreeg, speelde hij deze informatie door aan Haagse Bertus en zijn maat Hendrik Noorddijk.'
Appie Keizer glunderde.
'Men was altijd verzekerd van een rijke buit.'
Het gezicht van De Cock betrok.
'Aanvankelijk liep het goed,' sprak hij somber, 'maar steeds meer

juweliers namen beveiligingsmaatregelen om inbraak bij hun zaak te voorkomen. Toen de opbrengsten niet meer loonden, introduceerde Charles van Milschot een nieuw bendelid... Johan-Pieter Berkenhout... alias De Shovel.'
De Cock schoof zijn onderlip vooruit.
'Dat was een gelukkige greep. Johan-Pieter Berkenhout ramde met een shovel de winkelpuien van de door Charles van Milschot aangewezen juweliers. Haagse Bertus en zijn maat roofden de juwelen en Charles van Milschot zorgde voor de verkoop. In enkele jaren verzamelde elke bendelid zich een vermogen.'
Vledder boog zich naar voren.
'Waarom stopte men zeven jaar geleden?'
'Hendrik Noorddijk... het kalmste en bedachtzaamste bendelid was bang dat de politie zoveel bewijzen tegen hen zou vergaren, dat ze tot arrestatie konden overgaan. Hij wist zijn medebendeleden ervan te overtuigen dat het beter was om te stoppen en in het buitenland van de revenuen te gaan genieten.'
Vledder glimlachte.
'Ze gingen naar Spanje.'
De Cock knikte.
'Met de strikte opdracht om ook in Spanje zo min mogelijk contact met elkaar te onderhouden. Eerst na zeven jaar zouden ze elkaar in Amsterdam weer ontmoeten.'
Vledder declameerde:
'Een rendez-vous in Amsterdam.'
Het gezicht van De Cock versomberde.
'Zo later bleek: een dodelijk rendez-vous.'
Fred Prins vroeg om aandacht.
'Ik hoor nog steeds niets van een schat.'
De Cock nam nog een slok van zijn cognac.
'De meeste juwelen,' legde hij uit, 'zijn eenvoudig van aard en constructie. Die juwelen zijn gemakkelijk te verhandelen en leveren weinig gevaar voor herkenning. De meer kostbare sieraden, soms unieke exemplaren, zijn veel moeilijker verhandelbaar. Ze worden gemakkelijker herkend. Toen de bendeleden besloten om te stoppen, hadden ze nog een ruime voorraad van dat soort meer specifieke sieraden. Men besloot met de verkoop daarvan te wachten tot de commotie rond de spectaculaire juwelendiefstallen was weggeëbd.'
Appie Keizer lachte.

'Dat was dus de werkelijke reden van het rendez-vous.'
De Cock knikte.
'De bendeleden hebben er lang over vergaderd waar men de voorraad zolang zou verstoppen. Haagse Bertus, die vrij veel in het hotel De Veilige Haven in Amsterdam overnachtte, bracht het plan naar voren om de overgebleven buit onder de vloer van een van de gelijkstraatse hotelkamers van het hotel in de kruipruimte te verstoppen. Volgens hem kwam niemand op het idee om daar naar een schat te gaan zoeken.'
Fred Prins keek hem aan.
'Dat gebeurde?'
De Cock knikte.
'De vier bendeleden namen voor een nacht hun intrek in De Veilige Haven, braken voorzichtig de vloer open... Hendrik Noorddijk was van oorsprong timmerman... legden drie koffers met juwelen in de kruipruimte en timmerden de vloer weer zorgvuldig dicht.'
Fred Prins trok een denkrimpel in zijn hoofd.
'Waarom werden die moorden begaan?'
De Cock zuchtte.
'Men vertrouwde elkaar niet. De dag van het rendez-vous was de eerste augustus... bijeenkomst in de woning van de moeder van Haagse Bertus in de Jordaan.
De Shovel, die altijd al van mening was dat hij een groter aandeel van de buit verdiende, omdat hij de grootste risico's liep, was al twee weken eerder in Amsterdam.
Tot zijn verrassing bleek dat De Veilige Haven niet meer bestond, maar was omgebouwd tot een hoerenkast. Terwijl hij voor zichzelf probeerde te achterhalen in welk kamertje precies de buit was verborgen, ontdekte hij dat nog iemand anders belangstelling had... Albertus van Zoggel... alias Haagse Bertus.
De Shovel was woedend. Hij concludeerde terecht dat Haagse Bertus erop uit was om de buit alleen voor zichzelf op te eisen. Hij hield het voormalige hotelletje nauwlettend in het oog en was vrijwel getuige van de moord door Albertus van Zoggel op Charmaine Dupuitrain. Toen hij de volgende avond Haagse Bertus het peeskamertje zag binnengaan, overviel hij hem en wurgde hem met een stuk elektriciteitsdraad.'
Vledder grijnsde.
'De tweede moord.'

De Cock knikte.
'De Shovel besloot snel toe te slaan voordat de andere bendeleden op het rendez-vous kwamen. Toen hij de avond daarna bij het peeskamertje kwam, vond hij de sponningen en de toegangsdeur versplinterd en trof in het kamertje de onhandige Charles van Milschot met een groot model schroevendraaier in zijn hand. Na een korte worsteling legde hij ook Juwelen Charles een stuk elektriciteitsdraad om zijn nek en wurgde hem.'
Jaap Alberts fronste zijn wenkbrauwen.
'Hoe kreeg u De Shovel zover dat hij op een afspraak met Hendrik Noorddijk inging?'
De Cock plukte aan zijn neus.
'Nadat wij in Den Haag een bezoek aan zijn vader hadden gebracht, besloot Hendrik Noorddijk op mijn verzoek tot samenwerking in te gaan.
Hendrik Noorddijk was vooral woedend op De Shovel door de moord op zijn vriend en oude penozemaat Haagse Bertus. Hij schatte dat De Shovel zich in Amsterdam ophield bij een vroegere vriendin van hem in de Kinkerstraat. In mijn bijzijn voerde Hendrik Noorddijk een telefoongesprek met De Shovel, waarbij hij hem rechtstreeks van de moord op Haagse Bertus en Juwelen Charles beschuldigde. Hij stelde De Shovel voor de keuze: of hij... Hendrik Noorddijk... biechtte alles bij de politie op... of hij en De Shovel deelden samen de buit.'
Appie Keizer grinnikte.
'De Shovel had maar weinig keus.'
De Cock glimlachte.
'Ik rekende er min of meer op dat De Shovel in het peeskamertje een poging zou ondernemen om Hendrik Noorddijk te wurgen.'
Jaap Alberts knikte.
'Als ik niet zo vlug onder dat bed vandaan was gekomen, dan had Hendrik Noorddijk nu niet meer geleefd.' De jonge diender schudde triest zijn hoofd. 'Allemensen, wat heeft De Shovel een kracht in zijn beide armen. Ik had de grootste moeite om hem naar de grond te krijgen.'
Fred Prins boog zich opnieuw naar voren.
'Wat gebeurt er nu met die schat?'
De Cock ademde diep.
'Men zal proberen om de oorspronkelijke eigenaars te vinden.

Heeft een verzekeringsmaatschappij een uitbetaling gedaan, dan krijgt die de beschikking over dat deel van de juwelen.'
'En de vroegere buit?'
'Je bedoelt het vermogen dat de bendeleden zich hadden verworven?'
'Precies.'
'Daar zal het zogeheten Pluk-ze-team zich wel over ontfermen.'
Fred Prins gniffelde.
'Niet leuk voor Hendrik Noorddijk.'
De Cock maakte een hulpeloos gebaar.
'Híj leeft nog.'
De oude rechercheur stond op. De lange uiteenzetting had hem wat vermoeid. Hij strekte even zijn rug en ging toen weer zitten. De grijze speurder schonk nog eens in. Het gesprek werd algemener en de wurgmoorden in het peeskamertje raakten wat op de achtergrond.
Mevrouw De Cock kwam uit de keuken met schalen vol lekkernijen en liep presenterend rond. De oude rechercheur placht op strikt vertrouwelijke momenten wel eens te onthullen dat hij zijn lang-en-gelukkig huwelijksleven mede dankte aan de culinaire gaven van zijn vrouw.

Het was al vrij laat toen de laatste gasten vertrokken. De Cock liet zich onderuitzakken in zijn fauteuil en nam zijn derde glas. Zijn vrouw schoof een poef bij en ging pal voor hem zitten.
'Dat je niet eerder aan De Shovel hebt gedacht!' sprak ze met een licht verwijt. 'Je had hem bij die eerste moord al in je handen.'
De Cock schudde zijn hoofd.
'Ik wist op dat moment nog niets. Het enige verwijt dat ik mijzelf kan maken, is dat ik aan De Shovel had moeten denken toen ik erachter kwam dat alle bendeleden jarenlang in Spanje hadden vertoefd. Van Hans Rijpkema wist ik dat De Shovel een huis aan de Costa Brava had gekocht.'
Mevrouw De Cock glimlachte.
'Het zij je vergeven.'
Ze zweeg even en staarde voor zich uit.
'Weet je wat mij in deze zaak het meest pijn heeft gedaan?'
De Cock keek haar vertederd aan. Hij raadde het antwoord.
'De dood van Charmaine Dupuitrain.'

BAANTJER

De Cock en het roodzijden nachthemd

Een vrouw stuurt vanuit een ziekenhuis een ongewone brief aan rechercheur De Cock (met cee-oo-cee-ka). Hij besluit op haar uitnodiging in te gaan en neemt zijn rechterhand Vledder mee.
In het ziekenhuis worden zij op een onverwachte en onaangename wijze verrast. Een man met een grote snor is hen voor geweest: de vrouw is dood.
Dit incident leidt tot een op het eerste gezicht onontwarbare kluwen van misdaden, waarbij dode vrouwen in roodzijden nachthemden op een macabere wijze worden aangetroffen. Voor de twee rechercheurs een zaak die onoplosbaar lijkt.

BAANTJER

De Cock en moord bij maanlicht

In Amsterdam vestigt zich, in een pand van een voormalige drukkerij, de sekte *De Zoekers van Osiris*. Niet lang daarna wordt op de Kalkmarkt een psychiater geliquideerd. De sekte en de moord lijken met elkaar te maken te hebben. Althans, rechercheur De Cock (met ceeooceekaa) en zijn assistent Vledder worden in die denkrichting geduwd. Zéér tegen de wens van De Cock in, wordt de BVD (Binnenlandse Veiligheids Dienst) bij de zaak van de psychiater betrokken. Waarom? De psychiater had ministers onder zijn patiënten...

Het wordt een ingewikkelde kwestie, die Vledder doet opmerken: 'Waarom raken wij altijd in van die bizarre zaken verwikkeld?'

BAANTJER
De Cock en de geur van rottend hout

Op een regenachtige morgen meldt een vrouw van achter in de dertig zich aan het Bureau Warmoesstraat. Zij vertelt aan rechercheur De Cock (met ceeooceeka) dat haar man, de directeur van een im- en exportbedrijf, is verdwenen. Meer nog dan deze kwestie, maakt de vrouw indruk op de oude rechercheur en diens assistent Vledder, vanwege de erotische geur van haar parfum. Bedwelmd of niet, de rechercheurs raken al snel betrokken bij de harde realiteit van de misdaad. In een verlaten loods aan de Rigakade wordt een man aangetroffen, die gedood is met een nekschot. De uitspraak van Vledder: 'Nu zitten we weer tot onze nekharen in de ellende', wordt alras bewaarheid als de kring van verdachten zich met de dag begint uit te breiden.

De volgende boeken van Baantjer zijn bij de Fontein verschenen:

1   1963   De Cock en een strop voor Bobby
2   1965   De Cock en de wurger op zondag
3   1965   De Cock en het lijk in de kerstnacht
4   1967   De Cock en de moord op Anna Bentveld
5   1967   De Cock en het sombere naakt
6   1968   De Cock en de dode harlekijn
7   1969   De Cock en de treurende kater
8   1970   De Cock en de ontgoochelde dode
9   1971   De Cock en de zorgvuldige moordenaar
10 1972   De Cock en de romance in moord
11 1972   De Cock en de stervende wandelaar
12 1973   De Cock en het lijk aan de kerkmuur
13 1974   De Cock en de dansende dood
14 1978   De Cock en de naakte juffer
15 1979   De Cock en de broeders van de zachte dood
16 1980   De Cock en het dodelijk akkoord
17 1981   De Cock en de moord in seance
18 1982   De Cock en de moord in extase
19 1982   De Cock en de smekende dood
20 1983   De Cock en de ganzen van de dood
21 1983   De Cock en de moord op melodie
22 1984   De Cock en de dood van een clown
23 1984   De Cock en een variant op moord
24 1985   De Cock en moord op termijn
25 1985   De Cock en moord op de Bloedberg
26 1986   De Cock en de dode minnaars
27 1987   De Cock en het masker van de dood
28 1987   De Cock en het lijk op retour
29 1988   De Cock en moord in brons
30 1988   De Cock en een dodelijke dreiging
31 1989   De Cock en moord eerste klasse
32 1989   De Cock en de bloedwraak
33 1990   De Cock en moord à la carte
34 1990   De Cock en moord in beeld
35 1991   De Cock en danse macabre
36 1992   De Cock en een duivels komplot
37 1992   De Cock en de ontluisterende dood
38 1992   De Cock en het duel in de nacht
39 1993   De Cock en de dood van een profeet
40 1993   De Cock en kogels voor een bruid
41 1994   De Cock en de dode meesters
42 1994   De Cock en de sluimerende dood
43 1995   De Cock en 't wassend kwaad
44 1995   De Cock en het roodzijden nachthemd
45 1996   De Cock en moord bij maanlicht
46 1996   De Cock en de geur van rottend hout
47 1997   De Cock en een dodelijk rendez-vous

Andere titels van Baantjer:
De dertien katten
Misdaad in het verleden
Een Amsterdamse rechercheur
Rechercheur Baantjer van bureau Warmoesstraat vertelt, deel 1 t/m 9
Verkrijgbaar bij de boekhandel